AF361029

CATALOGUE MENSUEL

(Nouvelle Série, Nº 23)

LIBRAIRIE

DE

THÉOPHILE BELIN

29 Quai Voltaire, PARIS

SOMMAIRE

Achillis Tatii, De Clitophontis et Leucippes Amoribus, 1606. — Les Beaux-Arts, 1843-44, 3 vol. — *Bénard*. Voyage de Hierusalem, 1621. — Bibliothèque gauloise, 1858-60, 10 vol. — *Bossuet*. Hist. des Variations, 1688, 2 vol. — Catalogues illustrés. — Collection Gay. — *Erasme*. Paraphrasis in novum Testamentum, 1540. — *Galibert*. L'Algérie, 1844. — Histoire des Hommes illustres de la maison de Médicis, 1564. — *Homère*. Ilias, 1526. — *Humbold et Bonpland*. Essai sur la nouvelle Espagne, 1811 ; — Vues des Cordillières, 1810. — Le Lycée armoricain, 1823-31, 18 vol. — *Naudin*. L'Ingénieur françois, 1738. — *Saint-Amant*. Œuvres, 1642. — *Tournefort*. Histoire des plantes, 1698. — *Vaillant*. Voyage autour du Monde, 1840, 3 vol. — Versailles (plans et profils de la ville et château de). — Vetustissimorum authorum, 1569.

PARIS

LIBRAIRIE THÉOPHILE BELIN

29, QUAI VOLTAIRE, 29

1899

1501. Abrégé chronique de l'histoire de Lorraine contenant les principaux événemens de cette histoire (par Henriquez). *Paris, Guillot,* 1787; 2 vol. pet. in-8, demi-rel. chagr. bleu.   15 fr.

1502. Achillis Tatii de Clitophontis et Leucippes amoribus lib. VIII. Longi Sophistæ de Daphnidis et Chloes amoribus lib. IV. Parthenii Nicæensis de amatoris affectibus lib. I. Iterum edita grèce ac latiné. *In Bibliopolio Commeliniano (Heidelbergæ),* 1606 ; in-8, mar. rouge, dos orné, comp. et entrelacs. tr. dor. (*Rel. anc.*)   250 fr.

PREMIÈRE ÉDITION, avec titre renouvelé, du texte grec de ce roman.

1503. Actions (Les) héroïques de la comtesse de Montfort, duchesse de Bretagne (par Pierre Gissey). *Paris, Vᵛᵉ Claude Mazuel,* 1697 ; in-12, parch.   8 fr.

1504. Alciat. Omnia Andreæ Alciati V. C. Emblemata, cum commentariis Emblematum aperta origine mens auctoris explicatur, et obscura omnia, dubiaque illustrantur. Adjectæ ad calcem notæ posteriores per Claud. Minoem. *Parisiis, apud Steph. Valletum,* 1589 ; pet. in-8, fig., basane.   12 fr.

Figures sur bois.

1505. Alciat. Ommia Andreæ Alciati V. C. Emblemata. Cum commentariis, quibus emblematum delecta origine dubia omnia et obscura illustrantur, per Claud. Minoem. *Parisiis, J. Richer,* 1618 ; in-8, vélin.   20 fr.

Figures sur bois.

1506. Alliance des Jacobins de France avec le Ministère anglais : suivie des stratagèmes de Fr. Drake, sa correspondance, ses plans de campagne. *Paris, Imprimerie de la République, an XII* (1804); in-8, br. 3 fr.

1507. Almanach du bon Français, ou anecdotes, pensées, maximes et réflexions de feu Mgʳ le Dauphin, père du Roi ; avec un recueil anniversaire d'allégories des principales époques de l'avènement de Louis XVI au trône. *Paris, Desnos;* in-24, mar. rouge, dos orné, fil., tr. dor. (*Rel. anc.*)   40 fr.

Titre gravé et 16 charmantes figures

dont 7 par *P. de Bérainville,* gravées par *Voysard.*

1508. Almanach du Père Gérard pour l'année 1792, IIIᵉ de la liberté, par Collot d'Herbois. *Paris, Buisson,* 1792 ; in-24, front. de Borel, mar. rouge, dos orné, fil., tr. dor. (*Rel. anc.*)   10 fr.

Frontispice de *Borel.*

1509. Almanach dédié aux demoiselles. Année 1812. *Paris, Janet ;* pet. in-12, br.   6 fr.

Titre gravé et encadrements de tablettes de souvenir.

1510. Almanach dédié aux demoiselles. *Paris, Janet, s. d.* (1813); pet. in-12, br.   6 fr.

Titre gravé et encadrements de tablettes de souvenir.

1511. Almanach. Les Fleurs du Parnasse. Almanach lyrique des dames. *Paris, Lefuel, s. d.* (1814); pet. in-12, br.   4 fr.

1512. Almanach. Histoire naturelle en miniature, suite de l'Abeille des Dames. *Paris, Le Fuel, s. d.* (vers 1814); pet. in-12, br.   6 fr.

Titre et 7 planches en taille-douce.

1513. Almanach. Hommage aux Dames. *Paris, Janet, s. d.* — Le Parnasse des dames. *Paris, Janet, s. d.* Ens. 2 tomes en un vol. in-16, titres gravés, demi-rel. veau. 15 fr.

Recueils de vers par les meilleurs auteurs de l'époque ou tirés des ouvrages des poètes les plus célèbres.

1514. Almanach. Les Roses, étrennes aux dames. *Paris, Hocquart,* 1814. — L'Art de la parure, ou la toilette des Dames, poème en trois chants par M. Charles. *Paris, Lefuel,* 1811. Ens. 2 tomes en un vol. in-16, demi-rel. veau.   15 fr.

Le premier ouvrage est orné de 12 jolies planches en couleurs représentant des roses de différentes espèces.

1515. Almanach. Le Petit Rôdeur ou l'écouteur aux portes. *Paris, Le Fuel, s. d.;* pet. in-12, br.   5 fr.

Titre et 3 figures en taille-douce.

1516. Almanach. Le Pouvoir des Dames. — Le petit Almanach des grâces. — Jean de Paris et Jeanne d'Arc. — Le Diable couleur de rose ou le jeu à la mode. *Paris,*

Achat de Bibliothèques

Janet, s. d. Ens. 4 parties en un vol. in-16, demi-rel. veau. 25 fr.

4 titres et 23 jolies vignettes en taille-douce.

1517. Almanach de la Cour, de la ville et des départements pour l'année 1807. *Paris, Janet,* 1807 ; in-24, mar. rouge, fil., tr. dor. (*Rel. anc.*)   10 fr.

1518. Almanach de la Cour, de la ville et des départements pour l'année 1811. *Paris, Janet ;* in-24, cart., étui.   12 fr.

4 figures en taille-douce.

1519. Almanach de la Cour, de la ville et des départements pour l'année 1814. *Paris, Janet* (1814); pet. in-12, mar. rouge, dos orné, dent., tr. dor. (*Rel. anc.*)   25 fr.

4 charmantes figures de *Duplessi-Bertaux* reproduisant 4 tableaux de l'école hollandaise. Cet almanach donne le nom de tous les principaux fonctionnaires de l'Empire.

1520. Almanach. Étrennes impériales ou calendrier de la Cour et de la ville pour l'an 1811. *Paris, Tiger* (1811); in-24, portr., mar. rouge, dos orné, dent., tr. dor. (*Rel. anc.*)   20 fr.

Petit almanach renfermant tous les noms de dignitaires du 1er Empire. — Aigle impériale au centre des plats de la reliure.

1521. Almanach. Petit Almanach de la Cour de France. *Paris, Le Fuel,* 1812 ; in-24, mar. rouge, dos orné, dent., tr. dor. (*Rel. anc.*). 12 fr.

4 jolies figures gravées par *Couché fils.*

1522. Almanach. Indicateur de la Cour de France, de la capitale et des départements. *Paris, Vve Demoraine et Boucquin* (1827); in-16, portr., mar. rouge, dos orné, fil., tr. dor. (*Rel. anc.*).   25 fr.

Bel exemplaire aux ARMES ROYALES.

1523. Almanach. Calendrier de la Cour pour l'année 1829, imprimé pour la famille royale et la maison de sa Majesté. *Paris, Le Doux-Hérissant* (1829) ; in-24, mar. rouge, dos orné, dent., tr. dor., tabis (*Rel. anc.*)   15 fr.

Jolie reliure parfaitement conservée.

1524. Almanach de Cambrai et du IVe arrondissement du département du Nord dont cette ville est le chef-lieu, pour l'an 1810. *Cambrai, Hurez ;* in-24, cart.   5 fr.

1525. Almanach. Les Spectacles de Paris, ou Calendrier historique et chronologique des Théâtres. *Paris, Vve Duchesne,* 1766-1791 ; 7 vol. in-12, mar. rouge, dos orné, fil., tr. dor. (*Rel. anc.*). CHACUN 10 fr.

Années 1766, 1774, 1779, 1780, 1783, 1789 et 1791.

1526. Aménités littéraires et recueil d'anecdotes (par Chomel). *Amsterdam, et Paris, Vincent,* 1773 ; 2 tomes en 1 vol. pet. in-8, veau marbr.   5 fr.

1527. Amours (Les) de Mirtil. *Constantinople (Paris),* 1761 ; in-8, veau.   12 fr.

Titre dessiné et gravé par *Legrand* et 6 charmantes figures de *Gravelot*, gravées par *Legrand*.
Ouvrage attribué à Fontenelle.

1528. Anacréon. Poésies, nouvellement traduites et accompagnées d'une préface par Maurice Albert. *Paris, libr. des Bibliophiles,* 1885 ; in-16, br., couv.   16 fr.

Compositions d'*Émile Lévy*, gravées par *Champollion*. Texte encadré.

1529. Apollon mentor ou le Télémaque moderne. *Londres (Paris),* 1748 ; 2 vol. in-12, veau.   6 fr.

Jolies figures de *Humblot.*

1530. Arago (François). Astronomie populaire. 2e édition mise au courant par J.-A. Barral. *Paris,* 1865 ; 4 vol. in-8, demi-rel. mar. La Vallière, tête dor., *non rognés.* 20 fr.

Bel exemplaire.

1531. Arago (François). Notices biographiques. *Paris, Gide et Baudry,* 1854 ; 3 vol. in-8, demi-rel. chagr. vert, plats toile.   12 fr.

1532. Arago (François). Notices scientifiques. *Paris, Gide et Baudry,* 1854 ; 5 vol. in-8, demi-rel. chagr. rouge, plats toile.   20 fr.

Bel exemplaire.

1533. Artistes célèbres (Les). *Paris, Rouam,* 1885-1896 ; 20 livr. gr. in-8, br.   35 fr.

Donatello, Fortuny, Bernard Palissy, J. Callot, Prud'hon, Rembrandt, Fragonard, Hobbema, Corot, Saint-Aubin, Michel Van Mierevelt, Polyclète.

1534. Astruc (Zacharie). Les Dieux en voyage. *Paris, Bachelin-Lecat,* 1889 ; pet. in-4, br., couv.   6 fr.

1535. Auteurs déguisez sous des

Et de Livres anciens et modernes

noms étrangers, empruntez, supposez, feints à plaisir, chiffrez, renversez, retournez ou changez d'une langue en une aultre (par Adrien Baillet). *Paris, A. Dezallier*, 1690 ; in-12, vélin.   6 fr.

ÉDITION ORIGINALE de cet ouvrage, le premier publié en France sur cette matière bibliographique, mais qui ne fut qu'ébauché, l'auteur étant mort avant de l'avoir achevé.

1536. **Autichamp** (Charles d'). Mémoires pour servir à l'histoire de la campagne de 1815 dans la Vendée par M. le lieutenant-général, comte Charles d'Autichamp. *Paris, Adrien Egron*, 1817 ; in-8, br.   10 fr.

1537. **Aviceptologie** françoise, ou traité général de toutes les ruses dont on peut se servir pour prendre les Oiseaux qui se trouvent en France. Par M. B*** (P. Bulliard). *Paris*, 1778 ; in-12, fig., veau marbré, dos orné.   12 fr.

1538. **Avrillion** (Mlle). Mémoires sur la vie privée de Joséphine, sa famille et sa cour. *Paris, Ladvocat*, 1833 ; 2 vol. in-8, cart., *non rognés*.   20 fr.

Ouvrage orné d'un portrait de l'Impératrice et de fac-similés de lettres de l'Empereur. Cachets sur les titres.

1539. **Babeau** (Albert). Paris en 1789. *Paris, Didot*, 1889 ; in-8, br.   4 fr.

Ouvrage illustré de 96 gravures sur bois et photogravures.

1540. **Ballanche**. Œuvres. *Paris, Barbezat*, 1830 ; 4 vol. in-8, br.   10 fr.

Cette édition devait former 9 volumes. Les 4 que nous annonçons sont les seuls qui aient paru.

1541. **Balzac** (Ouvrages sur Honoré de). 3 vol. in-12, br.   10 fr.

Gustave Desnoiresterres. M. de Balzac. *Paris*, 1851. — Armand Baschet. Honoré de Balzac, essai sur l'homme et sur l'œuvre. *Paris*. 1852. — Pontavice de Heussey. Balzac en Bretagne. *Rennes*. 1885.

1542. **Bapst** (Germain). Inventaire de Marie-Josèphe de Saxe, Dauphine de France. *Paris, impr. Lahure*, 1883 ; pet. in-4, papier de Holl., broché, couv.   15 fr.

1543. **Barante**. Histoire des ducs de Bourgogne de la maison de Valois (1364-1477), par M. de Barante. *Paris, Delloye*, 1839 ; 12 vol. in-8, demi-rel. veau fauve, *non rognés*.   40 fr.

Exemplaire sur PAPIER VERGÉ, avec les figures tirées sur Chine.

1544. **Barante** (Baron de). Mélanges historiques et littéraires. *Paris, Ladvocat*, 1835 ; 2 vol. in-8, br. 4fr.

1545. **Baron**. L'Art héraldique contenant la manière d'apprendre facilement le Blason (par Jules Baron). Nouvelle édition revue, corrigée et augmentée, par A. Playne. *Paris, Ch. Osmont*, 1717 ; in-12, veau, dos orné, fil. (*Rel. anc.*).   8 fr.

Frontispice et figures en taille-douce.

1546. **Barrère**. Conduite des Princes de la Maison de Bourbon durant la Révolution, l'Emigration et le Consulat (1790 à 1805). *Paris, Tenon*, 1835 ; in-8, br.   6 fr.

1547. **Bassompierre**. Ambassade du mareschal de Bassompierre en Suisse l'an 1625. *Cologne, Pierre du Marteau*, 1668 ; 2 vol. pet. in-12, veau fauve, dos orné (*Rel. anc.*).   10 fr.

Imprimé par Jean et Daniel Steucker de La Haye. — Haut. 144 mm.

1548. **Baudelaire** (Charles). Œuvres complètes. *Paris, Michel Lévy*, 1868-1870 ; 7 vol. in-12, portr., br.   40 fr.

Tome Ier. Les Fleurs du mal. — Tome II. Curiosités esthétiques. — Tome III. L'Art romantique. — Tome IV. Petits poèmes en prose. Les Paradis artificiels. — Tome V. Histoires extraordinaires d'Edgar Poë. — Tome VI. Nouvelles histoires extraordinaires d'Edgard Poë (*ce volume manque*). — Tome VII. Aveu d'Arthur Gordon Pym. Eureka par Baudelaire.

Exemplaire en GRAND PAPIER VERGÉ.

1549. **Beaux-Arts** (Les), illustration des arts et de la littérature. *Paris, L. Curmer*, 1843-1844 ; 3 vol. in-4, cart., *non rognés*, couv. 70 fr.

Belles lithographies et planches en taille-douce. On a ajouté au 3e volume : L'Industrie. Exposition des produits de l'Industrie française en 1844.

1550. **Bellanger** (Stanislas). La Touraine ancienne et moderne. *Paris, L. Mercier*, 1845 ; gr. in-8, demi-rel. dos et coins de chagr. rouge, *non rogné*.   15 fr.

Illustrations gravées sur bois d'après *Th. Frère, Brevière, Lacoste, L. Noel, Mauduison, Engelmann et Graf, Ernest Meyer, Giniez, de Bar*, etc.

Achat de Bibliothèques

1551. Bénard (Nicolas). Le Voyage de Hierusalem et autres lieux de la Terre S^{te}, faict par le sieur Bénard, parisien. Ensemble son retour par l'Italie, Suisse, Allemagne, Holande et Flandre, en la très fleurissante (*sic*) et peuplée ville de Paris. *Paris, Denis Moreau*, 1621 ; pet. in-8, titre gravé, portr., mar. rouge, dos orné, comp. de fil., tr. dor. (*Rel. anc.*).   300 fr.

> Ouvrage fort rare, conservé dans une belle reliure pouvant être attribuée à Dusseuil.

1552. Bérard (S.). Souvenirs historiques sur la Révolution de 1830. *Paris, Perrotin*, 1834; in-8, br. 4fr.

1553. Bernard. L'Art d'aimer et poésies diverses de M. Bernard (*Paris*, 1775) ; in-8. — Phrosine et Mélidore, poème en quatre chants. *Paris, Lejay*, 1772. Ens. en un vol. in-8, veau marbré, dos orné, fil., tr. dor. (*Rel. anc.*). 25 fr.

> Le premier ouvrage est illustré d'un frontispice et de 3 figures de *Martini*, gravés par *Baquois, Gaucher* et *Patas*.
> Le second de 4 figures d'*Eisen*, gravées par *Baquoy* et *Ponce*.
> Bel exemplaire.

1554. Bernard (Auguste). Geofroy Tory, peintre et graveur, premier imprimeur royal, réformateur de l'ortographe et de la typographie sous François Ier. Deuxième édition, entièrement refondue. *Paris, Tross*, 1865 ; in-8, demi-rel. mar. brun, tête dor., *non rogné* (*Cottin-Simier*).   15 fr.

> Exemplaire tiré sur GRAND PAPIER VERGÉ.

1555. Besdel (P.-F.). Abrégé des Causes célèbres et intéressantes, avec les jugemens qui les ont décidées. *Paris*, 1787 ; 3 tomes en 2 vol. in-12, bas.   8 fr.

1556. Beverland (Adrien). Le Péché originel, traduit librement du latin d'Adrien Beverland, par J.-Frédéric Bernard. Réimpression sur l'édition la plus complète de 1741. Notice bio-bibliographique par un Bibliophile (G. Brunet). *Paris et Bruxelles*, 1868 ; pet. in-8, br. 4 fr.

> Edition tirée à petit nombre sur PAPIER VERGÉ.

1557. Bianchon (Horace). Les grands Médecins d'aujourd'hui. Illustra-

tions par F. Desmoulin et Profit. *Paris, Société d'Editions scientifiques*, 1891 ; gr. in-8, *broché*. 4 fr.

1558. Bibliothèque de Madame la Dauphine, n° 1, Histoire. (Par J. N. Moreau, historiographique de France). *Paris, Saillant et Nyon*, 1770 ; in-8, front., br.   15 fr.

> Charmant frontispice dessiné et gravé par *Eisen*. Rare.

1559. Bibliothèque Gauloise, publiée par A. Delahays. *Paris*, 1858-1860 ; 10 vol. in-12, demi-rel. cuir de Russie, tête dor., *non rognés* (*Belz-Niedrée*).   50 fr.

> Les Cent Nouvelles nouvelles, 1 vol. — Aventures de Dassoucy, 1 vol. — Vaux-de-Vire d'Olivier Basselin, 1 vol. — Le Cymbalum Mundi, 1 vol. — Histoire comique de Francion, 1 vol. — Contes et nouvelles de La Fontaine, 1 vol. — Recueil de farces, 1 vol. — Chronique de la Pucelle, 1 vol. — Histoire maccaronique de Merlin Coccaie, 1 vol. — L'Heptaméron des nouvelles de Marguerite de Navarre, 1 vol.
> Exemplaire tiré sur GRAND PAPIER.

1560. Bibliothèque Janséniste, ou catalogue alphabétique des principaux livres jausénistes ou suspects de jansénisme (par Dominique de Colonia). S. l. (*Hollande*), 1735 ; pet. in-8, veau fauve, dos orné (*Rel. anc.*).   6 fr.

1561. Bibliothèque originale. *Paris, Pincebourde*, 1864-1866 ; 8 vol. in-16 carré, cart., tête dor., *non rognés.*   35 fr.

> *Monselet.* Fréron. — *Caillot-Duval.* Mystifications. — *Littré.* La vérité sur la mort d'Alexandre le Grand. — *Claretie.* Pétrus Borel. — *Du Noyer.* Histoire de l'abbé de Bucquoy. — *Janin.* Béranger et son temps. 2 vol. — *Larchey.* Correspondance de l'armée d'Egypte.

1562. Billaut (Adam). Les Chevilles de Me Adam, menuisier de Nevers. Seconde édition augmentée par l'auteur. *Rouen, Jacques Cailloué*, 1564 ; in-8, parchemin.   10 fr.

1563. Billaut (A.). Œuvres de Maitre Adam Billaut, menuisier de Nevers, augmentées de quelques notes ; et précédées d'une notice historique sur cet homme extraordinaire, par N. L. Pissot. *Paris, Hubert*, 1806 ; in-12, bas.   3 fr.

> Ouvrage orné du portrait de l'auteur gravé d'après l'original par *Bovinet.*

1564. Blanchemain (Prosper). Poèmes etPoésies.Foi,Espérance etCharité. *Paris, Rouveyre,* 1880 ; 2 vol. in-12, demi-rel. dos et coins de mar. vert, tête dor., *non rognés,* couv. (*Amand*)   35 fr.

L'un des 25 exemplaires sur PAPIER DE CHINE avec le quadruple tirage du portrait de l'auteur et des figures de *Perret* et *Boilly,* gravées à l'eau-forte par *Lerat, Mongin* et *Gaujean,* tirés en rouge, en bistre, en noir et en bleu sur Japon et vergé.

On a ajouté : Sept lettres autographes de l'auteur relatives à la publication de ces 2 volumes.

De la bibliothèque d'OCTAVE UZANNE.

1565. **Blegny.** Le bon Usage du thé, du caffé et du chocolat pour la préservation et pour la guérison des maladies. *Lyon, Thomas Amaulry,* 1687 ; in-12, front. et fig., bas. 8 fr.

1566. **Blessebois** (Corneille). Théâtre. *Paris (impr. Jouaust),* 1864; in-12 cuir de Russie, dos orné, fil. à froid, milieux, tr. rouge. 15 fr.

Les Soupirs de Sifroi. — L'Eugénie.— La Victoire spirituelle.

Tirage à petit nombre, dont 100 exemplaires numérotés mis dans le commerce.

1567. **Boccone.** Recherches et observations naturelles, touchant le corail, la pierre étoilée, les pierres de figure de coquilles, la corne d'Ammon, etc. *Amsterdam. Jansson à Waesberge,* 1674: in-12, veau fauve, dos orné, fil. (*Rel. anc.*) 8 fr.

Planches gravées sur cuivre.

1568. **Bodin** (Jean). De la Demonomanie des Sorciers, par J. Bodin Angevin. *Anvers, Arnould Coninx,* 1586 ; in-8, veau.   5 fr.

Taches.

1569. **Bodin** (J.-F.). Recherches historiques sur la ville de Saumur, ses monumens et ceux de son arrondissement. *Saumur, Degouy,* 1812-1814 ; 2 vol. in-8, cart. 15 fr.

Ouvrage orné de figures, gravées à l'eau forte d'après *Bodin.*

1570. **Boileau.** Œuvres de Nicolas Boileau Despreaux, avec des éclaircissemens historiques donnez par lui-même. Nouvelle édition, revue, corrigée et augmentée, enrichie de figures gravées par Bernard Picart le Romain. *La Haye, Vaillant,*1722; 4 vol. in-12, mar. rouge, dos orné, fil., tr. dor. (*Rel. anc.*)   120 fr.

Bonne édition ornée d'un frontispice, de 6 figures, de vignettes et culs-de-lampe par *Bernard Picart.*

1571. **Bolswert** (Boetius a). Le Pèlerinage de deux sœurs Colombelle et Volontairette vers leur bien aimé dans la cité de Jérusalem. *A Liège, et à Lille, chez Jacquez, s. d.;*in-12, veau.   20 fr.

Traduction française, par Morin, de ce très curieux roman mystique illustré de figures singulières.

1572. **Bonnemère** (Eugène). Histoire des Paysans depuis la fin du Moyen âge jusqu'à nos jours. *Paris, F. Chamerot,* 1856 ; 2 vol. in-8, br.   5 fr.

1573. **Bonneval** (Comte de). Mémoires. Nouvelle édition, avec des notes historiques sur les personnages divers et les principaux faits mentionnés dans l'ouvrage, par M. Guyot Desherbiers, Ex-Législateur. *Paris, Capelle et Renand,* 1806 ; 2 vol. in-8, br.   8 fr.

1574. **Bordier et Charton.** Histoire de France, depuis les temps les plus anciens jusqu'à nos jours d'après les documents originaux et les monuments de l'art de chaque époque. *Paris,* 1859-1860 ; 2 vol. in-4, demi-rel. chagr. Lavallière, tête dor., *non rognés.*   12 fr.

Nombreuses vignettes sur bois.

1575. **Bossuet** (Jacques-Benigne). Discours sur l'histoire universelle. A Monseigneur le Dauphin : pour expliquer la suite de la Religion et les changemens des Empires. *Paris, Mabre-Cramoisy,* 1681 ; 3 parties en 1 vol. in-4, veau.   25 fr.

ÉDITION ORIGINALE.

1576. **Bossuet** (J.-B.). Histoire des Variations des églises protestantes. *Paris, Mabre-Cramoisy,* 1688 ; 2 vol. in-4, veau.   40 fr.

ÉDITION ORIGINALE.

1577. **Boufflers** (Stanislas de). Œuvres. *Paris, Artaud,* 1805 ; 2 vol. pet. in-12, cart., *non rogné.* 5 fr.

Portrait et 8 figures.

1578. **Bouillé** (Marquis de). Mémoires sur la Révolution française. *Londres, Cadell et Davies,* 1797 ; 2 vol. in-8, br.   5 fr.

1579. **Boutrolle** (M.-J.-G.). Le parfait Bouvier, ou instruction concernant la connaissance des bœufs et

Achat de Bibliothèques

vaches. *Rouen, Besongne*, 1766 ; in-12, bas.   3 fr.

1580. Bruxelles. Description de la ville de Bruxelles, enrichie du plan de la ville et de perspectives. *Bruxelles, de Boubers*, 1782 ; in-12, demi-rel. bas.   10 fr.

> Plan de la ville et 4 planches se repliant gravés en taille-douce.

1581. Buc'hoz. Les Agrémens des campagnards dans la chasse des oiseaux et le plaisir des grands seigneurs dans les oiseaux de fauconnerie. *Paris*, 1784 ; in-12, demi-rel. bas.   4 fr.

1482. Bury (Richard). Philobiblion, excellent traité sur l'amour des livres. Traduit pour la première fois par Hippolyte Cocheris. *Paris, Aug. Aubry*, 1856 ; pet. in-8, br.   4 fr.

1583. Bussy-Rabutin. Mémoires de S. E. le Comte de Bussy-Rabutin, maréchal des armées de l'Empereur (publiés par le prince de Ligne). *Paris*, 1773 ; in-8, veau marbré, dos orné.   8 fr.

> A la suite on a relié : Histoire raisonnée des opérations militaires et politiques de la dernière guerre (contre l'Angleterre), par M. Joly de S.-Valier. *Liège*, 1783.
> Mouillures aux premiers feuillets.

1584. Buteo. Joan. Buteonis Logistica, quæ et arithmetica vulgo dicitur. *Lugduni, G. Roville*, 1560. — Pascasii Hamellii, regii, mathematici, commentarius in Archimedis. *Lutetia, Cavellat*, 1557. — Stereometria. ars œconomica, docens certas dimensiones corporum solidorum, ratione mathematica, autore D. Burchardo Mithobio. *Francofurti, Chr. Egenolphum*, 1544. Ens. 3 ouvrages en 1 vol. pet. in-8, mar. rouge, dos orné, dent., tr. dor. (*Rel. anc.*).   65 fr.

> Exemplaire aux armes du célèbre ministre espagnol : Gaspar de Gusman, comte-duc d'OLIVARÈS. Les divers ouvrages portent, en outre, les signatures autographes du philosophe et mathématicien Gloriosi, du jurisconsulte anglais J. Godolphin et de G. Godolphin, ambassadeur d'Angleterre en Espagne.

1585. Buzot. Mémoires sur la Révolution française, précédés d'un précis et de recherches historiques sur les Girondins. *Paris, Pichon*, 1828 ; in-8, br.   4 fr.

1586. Cagliostro. Vie de Joseph Balsamo, connu sous le nom de comte Cagliostro. Extraite de la procédure instruite contre lui à Rome en 1790. *Paris, Onfroy*, 1791 ; in-8, br.   4 fr.

> Le portrait manque.

1587. Caillot-Duval. Correspondance philosophique de Caillot-Duval rédigée d'après les pièces originales, et publiées par une société de littérateurs lorrains. *Nancy et Paris*, 1795 ; in-8, demi-rel. dos et coins de mar. rouge, tête dor., *non rogné*.   15 fr.

> ÉDITION ORIGINALE de cette correspondance, mystification célèbre dont les véritables auteurs furent le comte Alphonse Fortia de Piles et le chevalier Boisgelin de Kerdu.

1588. Cambry. Monumens celtiques ou recherches sur le culte des pierres, précédées d'une notice sur les Celtes et sur les Druides. *Paris, Johanneau*, 1805 ; in-8, demi-rel. bas.   5 fr.

> Planches sur cuivre.

1589. Camus. Les Entretiens historiques de Jean-Pierre Camus, evesque de Belley. *Paris, Gervais Alliot*, 1639 ; in-8, vélin.   5 fr.

> Cachet sur le titre.

1590. Canuel (Baron). Mémoires sur la guerre de la Vendée en 1815. *Paris, Dentu*, 1817 ; in-8, br.   4 fr.

> Portrait et carte des opérations militaires.

1591. Cartier de S.-Philip. Le Je ne sais quoi. Nouvelle édition revue et augmentée considérablement. *Utrecht, Jean Broedelet*, 1730 ; 2 vol. in-12, veau. (*Rel. anc.*).   12 fr.

> Recueil d'anecdotes amusantes et instructives.

1592. Catalogues illustrés de ventes de tableaux, de dessins, de faïences, d'objets d'art, de meubles et d'antiquités, cartonnés, *non rognés*.

BERWICK et D'ALBE, 1877. Tableaux, tapisseries, gravures. 28 pl. in-4.   12 fr.

BEURNONVILLE, 1881. Tableaux. 59 pl. in-4   25 fr.

DUPRÉ (Jules), 1890. Tableaux. 8 pl. in-4, br.   4 fr.

Et de Livres anciens et modernes

Dutillieux, 1874. Tableaux et dessins. 46 pl. gr. in-8. 10 fr.

Félix (Eugène) de Leipzig, 1886. Objets d'art. 33 pl. pet. in-fol. 15 fr.

Huet (Paul), 1878. Tableaux, 8 pl. in-8. 5 fr.

Joseph (Edward). 1890. Objets d'art. 35 pl. in-4 (g^d pap.) 12 fr.
— Le même, 35 pl. in-8 (pet. pap.). 6 fr.

La Béraudière, 1885. Tableaux, objets d'art, meubles, 22 pl. in-4 (prix). 20 fr.

Lafaulotte, 1886. Objets d'art. 14 pl. in-4 (prix). 15 fr.

Laurent-Richard, 1886. Tableaux. 22 pl. in-4. 15 fr.

Lyne-Stephens, 1895. Tableaux, porcelaines, objets d'art, 38 pl. in-8. 8 fr.

Nieuwenhuys (Fr.), 1881. Tableaux, 7 pl. in-8. 7 fr.

Pereire, 1872. Tableaux, 49 pl. gr. in-8 (prix) 15 fr.

Sabatier (Raymond), 1883. Tableaux. 11 pl. in-8. 10 fr.

Stein (Ch.), 1886. Objets d'art. 32 pl. in-4 (prix) 15 fr.

Vaïsse, 1885. Objets d'art, armes, 24 pl. in-4. 10 fr.

E..., 1878. Tableaux modernes, 5 pl. gr. in-8. 7 fr.

M. K..., 1879. Tableaux anciens. 11 pl. gr. in-8. 8 fr.

L... (de New-York) et Hermann, 1879. Tableaux modernes. 8 pl. gr. in-8. 8 fr.

Dix peintres, 1875. Tableaux modernes. 8 pl. in-8. 6 fr.

Dix peintres, 1877. Tableaux modernes. 10 pl. in-8. 6 fr.

Dix peintres, 1878. Tableaux modernes. 9 pl. in-8. 6 fr.

1593. **Catalogue** of the renowned collection of Works of Art, chiefly formed by the late Hollingworth Magniac (Known as the Colworth collection). *London*, 1892 ; in-8, cart. 6 fr.
 Planches en héliogravure.

1594. **Catalogue** de la bibliothèque d'un amateur, avec notes bibliographiques, critiques et littéraires. *Paris, A. Renouard*, 1819 ; 4 vol. in-8, br. 12 fr.
 Célèbre catalogue avec les notes bibliographiques de Renouard.

1595. **Catalogue** raisonné de la librairie d'Etienne de Bourdeaux. (Par Formey). *Berlin, Bourdeaux*, 1754-1755 ; 4 vol. in-12, cart. 5 fr.

1596. **Catéchisme** (le) du genre humain, dénoncé par le ci-devant évêque de Clermont ; précédé d'un discours sur les causes de la division, de l'esclavage et de la destruction des hommes les uns par les autres (par François Boissel). Seconde édition, revue, corrigée et augmentée. *Paris*, 1792 ; in-8, demi-rel. veau. 6 fr.
 A la suite on a relié : *La Magie blanche dévoilée, par M. Descremps.* Paris, 1784 ; front.

1597. **Ceccheregli** (Alessandro). Delle Attioni et sentenze del S. Alessandro de' Medici, primo duca di Fiorenza, ragionamento d'Alessandro Ceccheregli fiorentino. *Vinegia, appr. Gabriel Giolito de Ferrari*, 1566 ; in-4, demi-rel. veau fauve. 18 fr.
 Bon exemplaire.

1598. **Cent nouvelles nouvelles** (Les dix dizaines des). Réimprimées avec notices, notes et glossaire, par M. Paul Lacroix. *Paris, Jouaust*, 1874 ; 4 vol. in-16, demi-rel. dos et coins de mar. rouge, dos orné, tête dor., *non rognés*. 35 fr.
 Dessins de *Jules Garnier*. Bel exemplaire.

1599. — Le même. *Paris, Jouaust*, 1874 ; 4 tomes en 10 fascicules, in-16, *brochés*. 25 fr.

1600. **Cervantes** (Michel de). L'histoire de don Quichotte de la Manche. Première traduction française par C. Oudin et F. de Rosset, avec une préface par E. Gebhart. Dessins de J. Worms gravés à l'eau-forte par de Los Rios. *Paris, Jouaust*, 1884 ; 6 vol. in-16, br., couv. 35 fr.
 De la Petite Bibliothèque artistique. Publié à 75 fr.

1601. **Champagne.** Les Nobles de la province de Champagne suivis de la liste des familles qui n'ont point été admises par M. de Caumartin lors de la recherche en 1666. *Paris, Champion*, 1874 ; in-8, br., couv. 2 fr.
 Papier vergé.

1602. **Champagne** (la) encore inconnue. Documents curieux et iné-

dits publiés par A. Assier. Nos bons aïeux. — Les Arts et les artistes dans la capitale de la Champagne de 1250 à 1680. *Paris, Champion,* 1876 ; 2 vol. in-8, br.   6 fr.
PAPIER VERGÉ.

1603. Champeaux. Etat militaire de la République française pour l'an XI. *Paris, l'auteur,* 1802 ; in-8, br.   20 fr.

1604. Chasseur bibliographe (Le). Revue bibliographique, littéraire, critique et anecdotique, rédigée par une société de bibliographes et de bibliophiles, suivie d'une notice de livres rares et curieux. *Paris, François,* 1862 ; 2 vol. in-8, br.   7 fr.
Première et deuxième année.

1605. Chateaubriand. Atala ou les amours de deux sauvages, suivi de René. *Paris, libr. des bibliophiles,* 1877 ; in-16, br.   20 fr.
Compositions d'*Emile Léry* gravées à l'eau-forte par *Boutelié,* dessins de *Giacomelli,* gravés sur bois par *Rouget* et *Sargent.*
L'un des 50 exemplaires tirés sur PAPIER DE CHINE.

1606. Chateauterne (de). Itinéraire de Pantin au Mont Calvaire, ou lettres inédites de Chactas à Atala. *Paris, Dentu,* 1811 ; in-8, cart. 6 fr.
Spirituelle parodie de l'Itinéraire de Jérusalem, de Chateaubriand, dont l'auteur dissimulé sous le pseudonyme de Chateauterne, était René Périn.

1607. Chénier. Observations critiques sur l'ouvrage intitulés : Le Génie du Christianisme, par M. de Chateaubriand, pour faire suite au tableau de la littérature par M. J. de Chénier. *Paris, Maradan,* 1817 ; in-8, br.   3 fr.

1608. Chennevières (Marquis de). Les Derniers Contes de Jean de Falaise (par le Marquis de Chennevières), avec une eau-forte de Jules Buisson. *Paris, Poulet-Malassis,* 1860 ; in-12, cart., *non rogné.* 7 fr.

1609. Chérin. Abrégé chronologique d'édits, déclarations, réglemens, arrêts et lettres-patentes des Rois de France de la troisième race, concernant le fait de la noblesse, précédé d'un discours sur l'origine de la noblesse. *Paris, Royez,* 1788 ; in-12, demi-rel.   7 fr.

1610. Cherville (G. de). Récits de Terroir. Ouvrage illustré de nombreuses gravures sur bois. *Paris, Firmin-Didot,* 1893 ; in-4, *broché,* couv. ornem.   7 fr.

1611. Chévigné (Comte de). Les Comtes rémois, douzième édition précédée de la Muse Champenoise par Louis Lacour. *Paris, Jouaust,* 1877 ; in-16, br.   12 fr.
Ouvrage illustré de dessins par *Jules Worms,* gravés à l'eau-forte par *Paul Rajon.*

1612. Chevrier. Le Colporteur, histoire morale et critique. *Londres, J. Nourse, s. d.* ; in-8, demi-rel. mar. brun.   5 fr.
Les derniers feuillets sont inversés.

1613. Chevrier. Œuvres complètes. *Londres, Nourse (Bruxelles),* 1762 et suiv. ; 3 vol. in-12, bas.   25 fr.
Le Colporteur. — Les Amusemens des Dames de B. — Mémoires d'une honnête femme.—Histoire de la vie de H. Maubert, soi-disant chevalier de Gouvest. — La Vie du fameux Père Norbert, ex-capucin. — L'Almanach des gens d'esprit. — La Gazette de l'Olympe. — Vie du Maréchal de Belle-Isle ; son testament. — L'Esprit du Maréchal de Belle-Isle.

1614. Choiseul (Duc de). Histoire et procès des naufragés de Calais. *Paris, Bossange,* 1824 ; in-8, br. 3 fr.

1615. Choiseul (Duc de). Mémoires de M. le duc de Choiseul, ancien ministre de la Marine et des Affaires étrangères ; écrits par lui-même. *Chanteloup, et Paris, Buisson,* 1790 ; 2 vol. in-8, br.   7 fr.
Ces mémoires sont considérés comme apocryphes et ont été désavoués par la famille.

1616. Chronique scandaleuse. Histoire de Louys XI, roy de France, et des choses mémorables advenues de son règne, depuis l'an 1460 jusques à 1483, aultrement dicte, la Chronique scandaleuse escrite par un greffier de l'hotel de ville de Paris (Jean de Troyes). *Imprimée sur le vray original,* 1620. — Addition à l'histoire de Louys XI, contenant plusieurs recherches curieuses sur diverses matières par Gabr. Naudé. *Paris, Fr. Targa,* 1630. Ens. 2 tomes en un vol. in-8, veau marbr., dos orné.   35 fr.

Et de Livres anciens et modernes

1617. **Chroniques** des Contes d'Anjou, recueillies et publiées par MM. Marchegay et Salmon, avec une introduction par M. Emile Mabille. *Paris, Vve Jules Renouard,* 1856-1871 ; in-8, demi-rel. dos et coins de mar. rouge, tête dor., *non rogné.* 5 fr.

> De la collection publiée par la Société de l'Histoire de France.

1618. **Collardeau.** Œuvres. *Paris, Ballard et le Jay,* 1779 ; 2 vol. in-8, veau fauve, dos orné, fil., tr. dor. (*Rel. anc.*). 40 fr.

> Bel exemplaire orné d'un portrait de l'auteur d'après *Voiriot* et de 11 jolies figures de *Monnet,* gravées par *Legrand, Mathieu, de Launay, Baquoy, Helman,* etc.

1619. **Collé.** Théâtre de Société. Nouvelle édition revue, corrigée et augmentée. (Par Collé). *La Haye et Paris, Gueffier,* 1777 ; 3 vol. in-12, veau granit, dos orné (*Rel. anc.*). 15 fr.

1620. **Collé.** Recueil complet des Chansons de Collé (publié par Auger). *Hambourg et Paris,* 1807 ; 2 tomes en un vol. pet. in-12, mar. citron jans., tête dor., *non rogné* (*Marius-Michel*). 70 fr.

> On trouve dans ce recueil toutes les chansons libres que Collé avait écrites lui-même sur son exemplaire de son Théâtre de société.

1621. **Collection** des Objets d'art et de haute curiosité composant la célèbre collection du prince Soltykoff. *Paris,* 1861 ; in-8, br. 3 fr.

1622. **Collection Gay.** Réimpressions tirées à très petit nombre de pièces rares et curieuses, 1861-1878 ; in-12.

Les Amoureux Brandons de Franciarque et Callixène. *Genève,* 1868 ; br. 5 fr.

L'An sept des Dames. *Bruxelles,* 1867 ; demi-rel. dos et coins mar. vert, tête dor. 6 fr.

— Le même. *Bruxelles,* 1867 ; br. 4 fr.

ARÉTIN (Pierre). Sept petites nouvelles concernant le jeu et les joueurs. *Paris,* 1861 ; mar. vert, dos orné, fil., tr. dor. (*Chambolle-Duru*). Ex. sur PEAU DE VÉLIN. 35 fr.

ASSELINEAU. Le Paradis des gens de lettres. *Paris,* 1862 ; br. 10 fr.

AUVRAY. Le Banquet des Muses. *Bruxelles,* 1865 ; br. 8 fr.

Ballets et Mascarades de Cour de Henri III à Louis XIV (1581-1652). *Genève,* 1868-70 ; 6 vol. demi-rel. dos et coins de mar. Lavallière, tête dor. Ex. sur papier de Chine. 110 fr.

La Bataille fantastique des roys Rodilardus et Croacus. *Genève,* 1867 ; br. 5 fr.

BLESSEBOIS (Corneille). Le Lion d'Angélie. *Paris,* 1862 ; br. 5 fr.

BOSQUIER. Tragœdie nouvelle dicte le petit Razoir des ornemens mondains. *Bruxelles,* 1863 ; demi-rel. dos et coins de mar. vert, tête dor. 6 fr.

Le Carabinage et matoiserie soldatesque. *Genève,* 1867 ; mar. vert, dos orné, fil., tr. dor. (*Smeers*) 10 fr.

— Le même. *Genève,* 1867 ; br. 5 fr.

Chansons nouvelles (S'ensuyt plusieurs belles). *Genève,* 1867 ; demi-rel. dos et coins de mar. vert, tête dor. 6 fr.

CHOLIÈRES. Les Après Disnées. *Bruxelles,* 1863 ; br. 8 fr.

CHOLIÈRES. Les Neuf Matinées. *Bruxelles,* 1863 ; br. 8 fr.

CHOLIÈRES. La Guerre des masles contre les femelles. *Bruxelles,* 1864 ; br. 8 fr.

COLLETET (Guill.). François Rabelais. *Genève,* 1867 ; br. 3 fr.

COURVAL-SONNET. Satyre Ménippée ou discours sur les poignantes traverses et incommodités du Mariage. *Paris,* 1864 ; br. Ex. sur papier de Chine. 6 fr.

— Le même. *Paris,* 1864 ; br. Ex. sur papier vergé. 4 fr.

Le Désert des Muses ou les délices de la satyre galante. *Bruxelles,* 1863, en feuilles. Ex. sur PEAU DE VÉLIN. 20 fr.

DESLAURIERS. Les Fantaisies de Bruscambille. *Bruxelles,* 1863 ; br. 8 fr.

DESLAURIERS. Les Nouvelles et plaisantes imaginations de Bruscambille, ou suite de ses fantaisies. *Bruxelles,* 1864 ; br. 7 fr.

Deux Sotties jouées à Genève en 1523 et 1524. *Genève,* 1864 ; br. 3 fr.

Le Doux Entretien des bonnes compagnies. *Paris,* 1867 ; br. 4 fr.

L'École des maris jaloux. *San Remo,* 1874 ; br. 3 fr.

L'Enjollement de Coula et de Miquelle au sujet des dialotins qu'il disoit qu'alle avoit dans le ventre. *Genève*

Achat de Bibliothèques

(1868); demi-rel. dos et coins de mar. vert, tête dor. 5 fr.

— Le même. *Genève* (1868); br. 3 fr.

ESTERNOD. L'Espadon satirique. *Bruxelles*, 1863 ; br. 5 fr.

Les Fanfares et Courvées abbadesques. *Paris*, 1863 ; demi-rel. dos et coins de mar. vert, tête dor. 6 fr.

Le Fantaisiste, magazine bibliographique. *San Remo*, 1873-1874 ; 2 vol. demi-rel. dos et coins de mar. vert, dos orné, tête dor. 30 fr.

GAZET (Angelin). Les Pieuses Récréations. *Genève*, 1868 ; demi-rel. dos et coins de mar. vert, tête dor. 8 fr.

Le Grand Alcandre frustré. *San Remo*, 1874 ; br. 3 fr.

Le Grand Parangon des Nouvelles nouvelles, recueillies par Nicolas de Troyes. *Bruxelles*, 1866, br. 8 fr.

Grandes et récréatives Pronostications par Astrophile le Roupieux. *Bruxelles*, 1863 ; cart., non rogn. 5 fr.

Les Jésuites de la maison professe de Paris en belle humeur. *San Remo*, 1874 ; br. 3 fr.

LACROIX (Paul). Bibliographie Molièresque. *Turin*, 1872 ; cart., non rogn. 10 fr.

— Iconographie Molièresque. *Nice*, 1872 ; br. 4 fr.

— Bibliothèque de la reine Marie-Antoinette au petit Trianon. *Paris*, 1863 ; br. 12 fr.

LIBER. Les Pantagrueliques, contes du pays rémois. *Turin*, 1871 ; portr., br. 15 fr.

MARTIN (Jehan). Le Papillon de Cupido. *Genève*, 1868 ; vélin. Ex. sur PEAU DE VÉLIN. 15 fr.

Mascarades et farces de la Fronde en 1649. *Turin*, 1870 ; demi-rel dos et coins de mar. vert, tête dor. 7 fr.

MAYNARD. Œuvres poétiques. *Paris*, 1864 ; br. 8 fr.

MAYNARD. Le Philandre, poème pastoral. *Genève*, 1867 ; demi-rel. dos et coins de mar. vert, tête dor. 8 fr.

Mélanges satiriques et amusants. *Bruxelles*, 1877 ; br. 5 fr.

Le Moine sécularisé. *San Remo*, 1874; br. 3 fr.

MINUT (Gabriel de). De la Beauté, discours divers. *Bruxelles*, 1865 ; br. 7 fr.

La Muse pariétaire et la Muse foraine ou les Chansons des rues depuis quinze ans par C. N. (Charles Nisard). *Paris*, 1863 ; br. 8 fr.

Les Muses gaillardes recueillies des plus beaux esprits de ce temps. *Bruxelles*, 1864 ; br. 8 fr.

La Navigation du compaignon à la bouteille. *Genève*, 1867 ; br. 4 fr.

Le Nouveau Entretien des bonnes compagnies. (*Bruxelles*, 1867); br. 4 fr.

La Nouvelle d'un Révérend Père en Dieu. *Paris*, 1862 ; demi-rel. dos et coins de mar. vert, tête dor. 4 fr.

Le Parangon des Nouvelles honnestes et délectables. *Paris*, 1865 ; br. 8 fr.

Le Parnasse des Muses ou recueil des plus belles chansons à danser. *Bruxelles*, 1864; 2 vol. demi-rel. dos et coins de mar. vert, tête dor. 25 fr.

PERRIN (François). Les Escoliers, comédie. *Bruxelles*, 1866 ; demi-rel. dos et coins de mar. vert, tête dor. 5 fr.

— Le même. *Bruxelles*, 1866 ; br. 3 fr.

PIEDRABUENA. L'Escole de l'interest et l'université d'Amour, trad. par Claude le Petit. *Paris*, 1862; br. 3 fr.

Les Plaisantes idées du sieur Mistanguet. *Genève*, 1867 ; br. 3 fr.

Les Priviléges du Cocuage. (*Bruxelles*, 1864); br. 5 fr.

Procès des raretés bibliographiques. *Bordighère*, 1875 ; demi-rel. chagr. brun, tête dor. 20 fr.

Recueil de vraye Poésie françoise. *Genève*, 1869 ; br. 3 fr.

Le Sandrin ou verd galand. *Bruxelles*, 1863; demi-rel. dos et coins de mar. vert, tête dor. 6 fr.

TABOUROT DES ACCORDS. Les Bigarrures. *Bruxelles*, 1866 ; 3 vol. br. 25 fr.

— Les Touches. *Bruxelles*, 1863 ; 2 vol. br. 12 fr.

Têtes à prix et liste de toutes les personnes avec lesquelles la Reine a eu des liaisons de débauche. *Neuchatel*, 1874 ; br. 6 fr.

De Tribus impostoribus. *Paris*, 1861 ; cart., non rogn. 4 fr.

Trois déclamations esquelles l'ivrongne, le putier et le joueur de dez débattent lequel d'eux sera privé de la succession. *San Remo*, 1874 ; br. 5 fr.

Le Vespillon adultère. *Genève*, 1868 ; front., demi-rel. dos et coins de chagr. brun. 4 fr.

Et de Livres anciens et modernes

Le Vagabond. *Genève*, 1867 ; br. 5 fr.

VIRGILE. Les Faictz merveilleux de Virgille. *Genève*, 1867 ; br. 4 fr.

1623. Colletet. Le Journal de Colletet. Premier petit Journal Parisien (1676). Avec une notice sur Colletet, gazetier, par Arthur Heullard. *Paris, Moniteur du Bibliophile*, 1878 ; pet. in-4, demi-rel. mar. rouge, tête dor., *non rogné*. 15 fr.

PAPIER VERGÉ.

1624. Colonna. Songe de Poliphile, traduction libre de l'italien par J.-G. Legrand. *Parme, Bodoni,* 1811 ; 2 tomes en un vol. in-4, demi-rel. dos et coins de mar. brun. dos orné, tête dor., *non rogné*. 40 fr.

Belle édition tirée sur PAPIER VÉLIN.

1625. Colonna (Francesco). Le Songe de Poliphile. ou Hypnérotomachie de Francesco Colonna, littéralement traduit pour la première fois, avec une introduction et des notes par Claudius Popelin. *Paris, Isidore Liseux,* 1883 ; 2 vol. in-8, demi-rel. dos et coins de mar. brun, dos orné. tête dor., *non rognés* (*Chapalain*) 70 fr.

Figures sur bois gravées par A. Brunaire.
Bel exemplaire sur PAPIER DE HOLLANDE.

1626. Constant (Benjamin). Mémoires sur les Cents jours, en forme de lettres, avec des notes et documens inédits. *Paris, Béchet,* 1822; in-8, br. 6 fr.

1627. Constitution (Recueil de pièces relatives à la). *Rennes, Vatar,* 1789 ; 12 brochures en un vol. in-8, cart., *non rogné*. 12 fr.

Lettre du roi pour la convocation des États-généraux. 1789. — État des bailliages des pays d'élection. — Chartre contenant la Constitution française proposée à l'assemblée nationale par Bouche. Rennes, 1789. — Préliminaire de la Constitution par l'abbé Sieyès. — Analyse des idées principales sur la reconnoissance des droits de l'homme par Thouret. — Rapport fait par M. l'archevêque de Bordeaux pour rediger un projet de Constitution. — Projet des premiers articles de la Constitution par Mounier. — Rapport du comité de Constitution par Stanislas de Clermont-Tonnerre. — Discours de M. Thouret. — Etc.

1628. Cormenin. Entretiens de Village, par M. de Cormenin. Ornés de 40 gravures dessinées par M. Daubigny, gravées par Mlles Laisné,

Paris, Pagnerre, 1847 ; in-12, br., couv. 25 fr.

8ᵉ édition illustrée.

1629. Cormenin. Entretiens de Village. Neuvième édition illustrée de 40 gravures. *Paris, Pagnerre,* 1847; in-12, br., couv. 15 fr.

Vignettes dessinées par *Daubigny*, gravées sur bois par Mlles *Laisné*.

1630. Correspondance originale des Émigrés, ou les émigrés peints par eux-mêmes. (Publiée par Alexandre Rousselin). *Paris, Buisson,* 1793 ; 2 part. in-8, front., cart. 4 fr.

1631. Correspondance privée et inédite du règne de Louis XVIII, pendant son séjour en Angleterre. *Bruxelles, Tarlier,* 1830 ; in-8, br. 3 fr.

1632. Correspondance secréte de Charette, Stofflet, Puisaye, Cormatin, d'Autichamp, Bernier, etc., suivie du journal d'Olivier d'Argens. Imprimés sur Pièces originales. *Paris, Buisson, an VII* (1799); 2 vol. in-8, portr., br. 7 fr.

1633. Coulanges. Mémoires de M. de Coulanges suivis de lettres inédites de Madame de Sévigné, de Jean de La Fontaine, etc. Publiés par M. de Monmerqué. *Paris, J. Blaise,* 1820 ; in-8, cart. 3 fr.

1634. Courcy (Pol de). De la Noblesse et de l'application de la loi contre les insurpations nobiliaires. *Paris, Aubry,* 1859 ; in-8, cart., *non rogné*. 3 fr.

1635. Courier de l'Europe, gazette anglo-françoise. 1779-1782. *Londres, Cox ;* 7 vol. in-4, demi-rel. veau fauve. 30 fr.

Années 1779, 2 vol., 1780, 2 vol., 1781, 2 vol., 1782 (1ᵉʳ semestre), 1 vol.

1636. Courtois. Rapport fait au nom des comités de salut public et de sûreté générale, sur les événemens du 9 Thermidor, an II, précédé d'une préface en réponse aux détracteurs de cette mémorable journée, prononcé le 8 thermidor an 3, la veille de l'anniversaire de la chûte du tyran. *Paris, imprimerie nationale, an IV* (1796); in-8, br. 3 fr.

1637. Cousin (Jean). L'art de dessiner, augmenté de plusieurs figures d'après l'antique. *Paris, Jean,* 1821 ; in-4 oblong, fig., br. 5 fr.

1638. Coustumes de la prevosté et vicomté de Paris. Troisième édition, augmentée de nouvelles observations et arrests de la Cour sur chaque article par M. J. Tournet advocat. *Paris, Gervais Alliot,* 1631 ; in-16, vélin. 15 fr.

> A la fin du volume se trouve une table alphabétique donnant la nomenclature de tous les Lieux régis par la coutume de Paris. — Signature sur le titre.

1639. Croissant de Garengeot (Jean-Jacques). Splanchnologie, ou l'anatomie des viscères ; avec des figures originales. *Paris, G. Cavelier,* 1728 ; in-12, mar. rouge, dos orné, fil., tr. dor. (*Rel. anc.*) 8 fr.

1640. Cussac (J.) Aviceptologie française, ou traité général de toutes les ruses dont on peut se servir pour prendre les oiseaux. Neuvième édition. *Paris, Corbet,* 1822 ; in-8, br. 4 fr.

> Nombreuses planches gravées en taille-douce.

1641. Daunou. Discours sur l'Etat des lettres au XIIIe siècle. Précédé d'une notice sur l'auteur par Guérard. *Paris, Ducrocq, s. d. ;* in-8, portr., br. 3 fr.

1642. Dayot (Armand). Les Courses de taureaux. *Paris, Baschet s. d. ;* in-4, demi-mar. vert. 12 fr.

> Illustrations de *Luque,* hors texte en couleurs, et en noir dans le texte.

1643. Delafosse de Rouville. Eloge historique du chevalier Mauduit-Duplessis, suivi d'un essai sur la situation de Saint-Domingue à cette époque. *Paris. Volland,* 1817 ; in-8, demi-rel. chagr. vert. 3 fr.

1644. Depping (G.-B.). Voyage de Paris à Neufchâtel en Suisse, fait dans l'automne de 1812. *Paris, Alexis Eymery,* 1813 ; bas. 3 fr.

1645. Dermoncourt (Général). La Vendée et Madame. *Paris, L.-F. Hivert,* 1834; in-8, front., br. 3 fr.

1646. Description des beautés de Genes et de ses environs. Orné de différentes vues, de tailles douce, et de la carte topographique de la ville. *Gênes, Yves Gravier,* 1781 ; pet. in-8, demi-rel. 15 fr.

> 20 planches gravées sur cuivre.

1647. Desgenettes (Baron). Études sur le genre de mort des hommes illustres de Plutarque et des Empereurs Romains. *Paris, Didot,* 1833 ; in-8, demi-rel. dos et coins de chag. bleu, tête dor. 6 fr.

1648. Des Vallées-Sernay. Histoire des Albigeois, et gestes de Simon de Montfort. Descrite par F. Pierre des Vallées Sernay, moine de l'ordre de Cisteaux, et rendue de latin en françois par M. Armand Sorbin. *Paris, Guill. Chaudière,* 1569 ; pet. in-8, veau brun, tr. rouge. 40 fr.

> Relation d'un témoin oculaire des scènes de cette terrible guerre d'extermination. Edition rare, dédiée par le traducteur au duc d'Anjou, plus tard Henri III. — A la suite se trouve un petit poème qui manque souvent : Allégresse de la France pour l'heureuse victoire obtenue entre Coignac et Chasteauneuf contre les rebelles calvinistes. *Paris, Chaudière,* 1569; 8 ff. L'ensemble du volume a quelques taches et est un peu rogné en tête.

1649. Dictionnaire théorique et pratique de Chasse et de Pesche (par Delisle de Sales). *Paris, Musier,* 1769 ; 2 vol. in-12, bas. 8 fr.

1650. Diderot. Essais sur la Peinture. *Paris, Buisson, an IV* (1796) ; in-8, mar. rouge, dos orné, dent., tabis, tr. dor. (*Rel. anc.*). 25 fr.

> Bel exemplaire.

1651. Diderot. Pensées philosophiques. *La Haye, aux dépens de la compagnie,* 1746 ; in-12, veau. 8 fr.

> PREMIÈRE ÉDITION. Rare.

1652. Documens particuliers (en forme de lettres) sur Napoléon Bonaparte, sur plusieurs de ses actes jusqu'ici inconnus ou mal interprétés, et sur le caractère de différens personnages qui ont marqué sous son règne, tels que Talleyrand, Chateaubriand, de Pradt, Moreau, etc., d'après des données fournies par Napoléon lui-même et par des personnes qui ont vécu dans son intimité (écrits par Barry-Edouard O'Meara). *Paris, Plancher,* 1819 ; in-8, br. 4 fr.

1653. Dolet (Étienne). Le Second Enfer d'Etienne Dolet, suivi de sa traduction des deux dialogues platoniciens l'Axiochus et l'Hipparchus. Notice bio-bibliographique par un Bibliophile (G. Brunet). *Paris et Bruxelles*, 1868 ; pet. in-8, br. 4 fr.

Édition tirée à petit nombre sur PAPIER VERGÉ.

1654. Du Bartas (Guillaume). Les Œuvres de Guillaume de Saluste, seigneur du Bartas. Revuës et augmentées par l'autheur. En cette dernière édition ont été adjoutez commentaires sur la sepmaine propre pour l'intelligence des mots et matières y contenues (par Simon Goulard). Le tout en meilleur ordre et forme qu'ès précédentes éditions. *Caen, Pierre le Chandelier*, 1585 ; in-12, vélin. 20 fr.

Bonne petite édition.
Raccommodage au titre.

1655. Du Bellay (Joachim). Les Œuvres françaises. *Rouen, G. l'Oyselet,* 1592 ; in-12, vélin. 50 fr.

Mouillures.

1656. Du Bois-Hus. La Nuict des nuicts. Le Jour des jours. Le Miroir du destin, ou la nativité du daufin du ciel. La Naissance du daufin de la terre, et le tableau de ses avantures fortunées. *Paris, Jean Paslé,* 1641 ; in-12, demi-rel. chagr. bleu, éb. 12 fr.

Panégyrique en vers, précédé d'un discours à Mgr l'éminentissime cardinal de Richelieu. Cet exemplaire a été fortement lavé.

1657. Du Boys (Albert). Des Principes de la Révolution française, considérés comme principes générateurs du socialisme et du communisme. *Lyon, Pélagaud,* 1851 ; in-8, br. 3 fr.

1658. Duchesne aîné. Essai sur les Nielles, gravures des orfevres florentins du XVe siècle. *Paris, Merlin,* 1826 ; in-8, demi-rel. veau vert, dos orné. 15 fr.

Reproductions de nielles d'après *Maso Finiguerra, Peregrini*, et autres.

1659. Dufour (Julien-Michel). Questions illustres, ou bibliothèque des livres singuliers en Droit ; analyse d'un très grand nombre de ces livres ; et recueil d'arrêts sur les questions de droit singulières.

Paris, Tardieu Denesle, 1813 ; in-12, cart., *non rogné.* 12 fr.

On trouve dans ce volume rare et singulier, l'analyse de tous les ouvrages relatifs à la dissolution du mariage pour impuissance de l'un ou l'autre sexe.

1660. Dufour. Dictionnaire historique, géographique, biographique et administratif des trois arrondissemens communaux du département d'Indre-et-Loire. *Tours, Letourmy,* 1812; 2 vol. in-8, br. 10 fr.

1661. Dulaure (J.-A.). Histoire critique de la Noblesse. *Paris, Guillot,* 1760 ; in-8, demi-rel. veau 8 fr.

1662. Dulorens. Satires de Dulorens, édition de 1646 contenant vingt-six satires publiées par D. Jouaust et précédée d'une notice littéraire par E. Villemin. *Paris, Jouaust,* 1869 ; in-16, portr., br. 6 fr.

De la Collection du « Cabinet du Bibliophile ».

1663. Duret (Claude). Traicté de la Vérité des causes et effects, des divers cours, mouvements, flux, reflux et saleure de la mer Oceane, mer Méditerranée et autres mers de la terre. *Paris, Jacques Rezé,* 1600 ; pet. in-8, vélin. 12 fr.

Ouvrage peu commun.

1664. Dutens. Mémoires d'un Voyageur qui se repose ; contenant des anecdotes historiques, politiques et littéraires, relatives à plusieurs des principaux personnages du siècle. *Paris, Bossange,* 1806 ; 3 vol. in-8, veau marbré, dos orné. 10 fr.

1665. Egalité (De l') des deux Sexes, discours phisique et moral, où l'on voit l'importance de se défaire des préjugez. (Par Fr. Poullain de la Barre et Frelin). Deuxième édition. *Paris, Ant. Dezallier,* 1679 ; pet. in-12, veau fauve, dos orné, fil., tr. dor. (*Rel. anc.*). 15 fr.

1666. Eloge de l'Asne, par un docteur de Montmartre (dom Joseph Cajot). *Londres et Paris, Delaguette,* 1769 ; demi-rel. veau fauve. 7 fr.

ÉDITION ORIGINALE.

1667. Eloge de l'Enfer. Ouvrage critique, historique et moral. (Par J.-Fr. Bernard). *La Haye, P. Gosse,*

1759 ; 2 vol. in-12, veau marbré, dos orné. 15 fr.

Ouvrage orné de nombreuses figures par *Sibelius*.

1668. Emiliane (Gabriel d'). Histoire des tromperies des prestres et des moines ; décrites dans un voyage d'Italie où l'on découvre les artifices dont ils se servent pour tenir les peuple dans l'erreur. Cinquième édition. *Rotterdam, Abraham Acher*, 1712 ; 2 tomes en un vol. pet. in-8, front., vélin. 30 fr.

Livre curieux et rare.

1669. Enfant sage (L') à trois ans. Avecque la semilitude de l'enffant proudigue. *Paris, Auguste Aubry*, 1859 ; pet. in-8, br. 6 fr.

Édition imprimée en caractères gothiques, tirée à 52 exemplaires et publiée d'après les manuscrits par William Martin.

1670. Erasme. Des. Erasmi Rotherodami Paraphrasis in Novum Testamentum, videlicet in quatuor Evangelia et Acta apostolorum. *Parisis, apud Galeotum a Prato*, 1540 ; 6 parties en 4 vol. in-16, mar. rouge, dos orné, fil., tr. dor. (*Rel. anc.*). 1500 fr.

Charmante édition illustrée de délicates figures sur bois.
Très bel exemplaire dans une très fraîche reliure de Boyet, aux armes et au chiffre de Dominique Séguier, évêque de Meaux.

1671. Esquiros (Alphonse). Les Vierges martyres. 3e éd. *Paris*, 1846. — Les Vierges folles, 5e éd. *Paris, s. d.* — Les Vierges sages, 3e éd. *Paris*, 1855. Ens. 3 vol. in-16, br., couv. 8 fr.

1672. Essai satirique et amusant sur les vieilles Filles, traduit de l'anglais (de Williame Hayley, par M. Sibille. *Paris, Le Tellier*, 1788 ; 2 tomes en un vol. in-12, veau, dos orné (*Rel. anc.*). 5 fr.

1673. Essai sur l'histoire naturelle de quelques espèces de moines. Traduit du latin (d'Ignace de Born.), par J. d'Antimoine, naturaliste du Grand Lama. *Paris, H. Cabanon*, 1883 ; in-8, front. en couleurs, br., couv. ill. 3 fr.

1674. Etrennes financières ou recueil des matières les plus importantes en finance, banque, commerce,... 1789. Première année...

Avec le portrait de M. Necker... (Par M. J. D. Martin). *Paris*, 1789 ; in-8, cart. 4 fr.

1675. Falconnet (A.). Lettre à sa Majesté Louis XVIII sur la vente des biens nationaux. *Paris*, 1814 ; in-8, demi-rel. veau. 3 fr.

1676. Fauchet (Claude). Origine des dignitez et magistrats de France. Recueillies par Claude Fauchet. *Paris, Jeremie Perier*, 1600 ; pet. in-8, vélin. 20 fr.

1677. Fauchet (Claude). Sermon sur l'accord de la Religion et de la Liberté prononcé dans la métropole de Paris, le 4 février 1791. (*Paris*), *impr. du Cercle social* (1791) ; in-8 de 32 pp., br. 5 fr.

On a inséré au début de cette brochure, une note manuscrite : appréciation violente du sermon de Fauchet. Cette note avait paru dans « l'Ami du Roi » du 11 août 1791.

1678. Fénelon. Les Aventures de Télémaque, fils d'Ulysse. *Paris, G. Desprez*, 1755 ; 2 vol. in-12, veau fauve, dos orné (*Rel. anc.*). 10 fr.

Édition ornée d'un frontispice et de figures gravés en taille-douce par *Lebas*.

1679. Fénelon. Les Aventures de Télémaque. *Paris, impr. de Didot jeune*, 1790 ; 2 vol. in-8, br. 50 fr.

Papier vélin. Portrait de Fénelon sur le titre gravé par *Gaucher* d'après *Vivien*. On y joint les 24 figures de *Moreau le jeune*, gravées par *de Ghendt* et *Simonet*, de 1810 à 1812.

1680. Fond (Le) du Sac, ou recueil de contes en vers et en prose et de pièces fugitives (par Félix Nogaret). *Paris, Leclerc (Lyon, impr. Perrin)*, 1866 ; in-8, vélin à recouvrements, tête dor., *non rogné*. 25 fr.

Édition tirée à 100 exemplaires sur papier teinté avec suite des vignettes en-têtes : terminées dans le texte et eaux-fortes tirées à part. Rare.

1681. Fournier-Verneuil. Le Huron de Mont-Rouge. *Paris*, 1824 ; in-8, br. 3 fr.

1682. Fualdès (Procès). Brochures in-8. 18 fr.

Procès des prévenus de l'assassinat de M. Fualdès, ex-magistrat à Rodez. *Paris*, 1817 : 14 livraisons, portr. — Mémoires de M. Clemandot en réponse à ceux de Mme Manson. *Paris*, 1818. — Réponse de Madame *** aux mémoires de M. Clémendot. — Mon plan de défense dans le procès

Et de Livres anciens et modernes

Fualdès par Mme Manzon. *Albi*, 1818. — Réponse du sténographe parisien à une note de Mme Manson. *Paris*. 1848.

1683. **Galibert** (Léon). L'Algérie ancienne et moderne depuis les premiers établissements des Carthagineois jusqu'à la prise de la Smalah d'Abd-el-Kader, par M. Léon Galibert. Vignettes par Raffet et Rouargues frères. *Paris, Furne et C*^{ie}, 1844 ; gr. in-8, demi-rel. mar. vert, tête dor., *non rogné*.   60 fr.

> Bel ouvrage illustré de nombreuses vignettes dans le texte, gravées sur bois d'après *Raffet* et de 36 planches hors texte dont 12 en couleurs et d'une carte de l'Algérie.
> Cette édition est absolument la même que celle de 1843, dont elle ne diffère que par un titre renouvelé.

1684. **Gazetier** (Le) cuirassé ou anecdotes scandaleuses de la cour de France. (Par Ch. Théveneau de Morande.) *Imprimé à cent lieues de la Bastille, à l'enseigne de la liberté*, 1771 ; in-8, br.   16 fr.

1685. **Gheusi** (P.-B.) et Paul **Lavigne**. Gaucher Myrian. Vie aventureuse d'un escholier féodal. Salamanque, Toulouse et Paris au XIIIe siècle. Préface par G. Compayré. Ouvrage illustré de 43 dessins inédits par A. de Parys et de 57 gravures sur bois. *Paris, Firmin-Didot*, 1893 ; in-4, br., couv. illustrée.   10 fr.

1686. **Ginguené** (P.-L.). Fables nouvelles. *Paris, Michaud*, 1810. — Fables inédites. *Paris, Michaud*, 1814. Ens. 2 tomes en 1 vol. in-16, demi-rel. chagr. vert, tr. marbr.   6 fr.

1687. **Gohier** (Louis-Jérôme). Mémoires. *Paris, Bossange*, 1824 ; 2 vol. in-8, portr. et fac-similé, br. 8 fr.

1688. **Gonzagues** (Anne de). Mémoires d'Anne de Gonzagues, princesse Palatine. *Londres*, 1786 ; in-8, demi-rel. bas.   4 fr.

1689. **Gourgaud** (Général). Campagne de mil huit cent quinze, ou relation des opérations militaires qui ont eu lieu en France et en Belgique pendant les cent jours. *Paris, Plancher*, 1818 ; in-12, br. 6 fr.

1690. **Grand** (le) Alcandre frustré, ou les derniers efforts de l'amour et de la vertu. Histoire galante. *Cologne, Pierre Marteau*, 1696 ;

pet. in-12, front., demi-rel. mar. vert.   6 fr.

> Raccommodage aux premiers feuillets.

1691. **Grégoire.** Lettre aux électeurs du département de l'Isère. *Paris, Baudouin*, 1819 ; in-8, br.   2 fr.

1692. **Grégoire.** Lettres de M. Grégoire, ancien évêque de Blois, adressées l'une à tous les journalistes, l'autre à M. de Richelieu. *Paris*, 1820 ; in-8, br.   2 fr.

1693. **Gresset.** Œuvres choisies de Gresset. Edition ornée de figures en taille-douce par Moreau le jeune. *De l'impr. de Didot jeune. A Paris, chez Saugrain, an II 1794* ; in-12, bas.   15 fr.

> 5 charmantes figures de *Moreau*.
> On a relié à la suite : Les Vosges, poème, par François de Neufchâteau. *S. Dié, an V* (1797). — Discours prononcé par Chénier au Champ-de-Mars. *Paris*, 1799. — Les Voyages de Céline, par Evariste Parny. *Paris*, 1806.

1694. **Gresset.** Œuvres de Gresset. Nouvelle édition, augmentée de pièces inédites et ornée de figures en taille-douce. *Paris, Bleuet jeune*, 1803 ; 2 tomes en 3 vol. in-12, cart., *non rognés*.   15 fr.

> Jolies figures de *Moreau le jeune*.

1695. **Grigri.** Histoire véritable. (Par L. de Cahussac.) Dernière édition moins correcte que les premières. *Amsterdam*, 1774 ; in-12, bas.   8 fr.

1696. **Gringore** (P.). La Chasse du Cerf des Cerfs, composé par P. Gringore (A la fin) : *Achevé d'imprimer le 15 décembre 1829, chez Pinard*, pet. in-8, mar. rouge. fil., tr. dor. (*Lortic*).   25 fr.

> Réimpression figurée d'un opuscule très rare, tirée à 42 exemplaires.
> Exemplaire sur PAPIER DE HOLLANDE.

1697. **Grose** (François). Principes de Caricature, suivis d'un essai sur la peinture comique. Traduit en français sur la traduction allemande de Grohmann par M. de L. *Leipzig, Baumgartner, s. d.* (*vers* 1802) ; un tome en 2 vol. in-8 carré, demi-rel. veau bleu.   25 fr.

> 29 planches caricaturales gravées sur cuivre et tirées sur papier gris.

1698. **Grouvelle** et **Ginguené.** La Feuille villageoise adressée chaque semaine, à tous les villages de la France pour les instruire des lois, des événements, des découvertes qui intéressent tout citoyen. *Paris*, 1793 ; in-8, cart.   7 fr.

> Sixième partie contenant les n°⁵ 27 à 52 de la 3ᵉ année (4 avril-26 septembre 1793). On y trouve nombre de renseignements sur les actes du gouvernement et sur les armées de la République.

1699. Guérard (B.). Essai sur le système des divisions territoriales de la Gaule, depuis l'âge romain jusqu'à la fin de la dynastie carlovingienne. *Paris, impr. royale,* 1832 ; in-8, br.   3 fr.

1700. Guerre Séraphique (La) ou histoire des périls qu'a courus la barbe des capucins par les violentes attaques des Cordeliers. On y a joint une dissertation sur l'inscription du grand portail de l'église des Cordeliers de Reims (par J.-B. Thiers). *La Haye, Pierre de Hondt,* 1740 ; in-12, veau.   8 fr.

1701. Harmand (J.-B.). Anecdotes relatives à quelques personnes et à plusieurs événemens remarquables de la Révolution. *Paris, Baudouin,* 1814 ; in-8, br.   3 fr.

1702. Hésiode. Les Œuvres d'Hésiode. Traduction nouvelle par M. Gin. *Paris, Gueffier,* 1785 ; pet. in-8, veau fauve, dos orné, fil., tr. dor. (*Rel. anc.*)   8 fr.

> Jolie édition.

1703. Histoire complète du procès du Maréchal Ney, contenant le recueil de tous les actes de la procédure, avec le texte des mémoires, requêtes, consultations et plaidoyers, précédée d'une Notice historique sur la vie du Maréchal, par Evariste D*** (Evariste Dumoulin). *Paris,* 1815 ; 2 vol. in-8, br. 15 fr.

1704. Histoire de Tancrède de Rohan, avec quelques autres pièces concernant l'histoire de France et l'histoire romaine (par le P. Henri Griffet). *Liège, Bassompierre,* 1767 ; in-12, veau.   5 fr.

1705. Histoire de l'Art en France. Recueil raisonné et annoté de tout ce qui a été écrit et imprimé sur la peinture, la sculpture, etc. *Paris, Sartorius, s. d.;* in-8, br.   3 fr.

> Première série.

1706. Histoire des Diables de Loudun, ou de la possession des religieuses ursulines, et de la condamnation et du suplice d'Urbain Grandier, curé de la même ville. Cruels effets de la vengeance du cardinal de Richelieu. (Par Aubin, refugié français). *Amsterdam, aux dépens de la compagnie,* 1752; in-12, demi-rel.   8 fr.

1707. Histoire des Hommes illustres de la Maison de Médicis, avec un abbregé des comtes de Bolongne et d'Auvergne (par Jean Nestor, médecin). *Paris, Charles Perier,* 1564 ; in-4, mar. vert olive, dos orné avec pièces de mar. rouge, fil., milieux, fleurons d'angle, doublé de mar. rouge, dent., tr. dor. (*Rel. anc.*)   900 fr.

> Bel et rare exemplaire ayant appartenu à Madame de MAINTENON, renfermé dans une jolie reliure portant au centre des plats un fleuron surmonté d'un soleil couronné (Louis XIV), et accosté de deux lions (d'Aubigné). La bordure est également ornementée d'un soleil sommé d'une couronne royale. (Voy. sur cette attribution le 2ᵉ fer reproduit par Guigard. *Arm. du Bibliophile,* I. 180).

1708. Histoire du royaume de Navarre, contenant de roy en roy tout ce qui y est advenu de remarquable dès son origine. Tirée des meilleurs historiens latins, français, espagnols et italiens (par Gabriel Chappuis). *Paris, Nicolas Gilles,* 1596 ; pet. in-8, veau (*Rel. anc.*)   12 fr.

1709. Histoire et explication du calendrier des Hébreux, des Romains et des François. (Par le Coq-Magdeleine). *Paris, Simon,* 1727 ; in-12, veau.   3 fr.

1710. Histoire secrète du Connestable de Bourbon. (Par Nic. Baudot de Juilly). *Paris, Beugnié,* 1706 ; in-12, bas., dos orné.   5 fr.

1711. Histoire véritable et secrète des vies et des règnes de tous les Rois et Reines d'Angleterre, depuis Guillaume I, surnommé le Conquérant, jusqu'à la fin du règne de la reine Anne. Traduite de l'anglois. *Amsterdam, Wetstein et Smith,* 1729; 3 vol. in-12, front., bas. 15 fr.

1712. Hobbes (Thomas). Elemens philosophiques du Citoyen. Traicté politique, où les fondemens de la société civile sont descouverts. Traduit en françois (par Samuel Sorbière). *Amsterdam, Jean Blaeu,* 1649 ; pet. in-8, vélin à recouvrements.   20 fr.

> Rare exemplaire avec le portrait de Hobbes, et renfermant la curieuse Epître dédicatoire au comte de Devonshire.

1713. **Holbein** (Hans). L'Alphabet de la Mort, entouré de bordures du XVIe siècle et suivi d'anciens poëme français sur le sujet des trois mors et des trois vis, publiés d'après les manuscrits par Anatole de Montaiglon. *Paris, Tross,* 1856 ; in-8, cart. toile.   12 fr.

> Les belles bordures qui entourent cette étude sont tirées des grandes Heures de Simon Vostre.

1714. **Holbein** (Hans). L'Alfabeto della morte di Hans Holbein, attorniato di fregi incisi in legno, ed accompagnato di stentenze latine e di quartine del XVI° secolo scelte da Anatole de Montaiglon. *Parigi, Edwin Tross,* 1856 ; in-8, br. 4 fr.

> Édition italienne renfermant l'alphabet de la mort seul, ornée des mêmes bois que le n° précédent.

1715. **Homère**. ΟΜΗΡΟΥ ΙΛΙΑΣ [Ilias in versus græcè vulgares translata a Nic. Lucano]. (A la fin :) *Stampata in Venetia per Maestro Stefano da Sabio : il quale habita a Santa Maria formosa, ad instantia di miser Damian di Santa Maria da Spici,* 1526, *nel mese di magio ;* in-4, fig., mar. rouge, dos orné, larg. dent., tr. dor. (*Rel. anc.*) 1,500 fr.

> PREMIÈRE ÉDITION, extrêmement rare de cette version de l'Iliade en grec moderne, comprenant 163 ff., et orné de 138 figures sur bois dues à un artiste vénitien du commencement du XVIe siècle.
> Superbe exemplaire revêtu d'une jolie reliure exécutée à l'époque de Louis XIV, et ayant appartenu à Louis de BRANCAS, comte de LAURAGUAIS dont l'ex-libris a été conservé, au duc de LA VALLIÈRE et à W. BECKFORD.

1716. **Houssaye** (Arsène). Voyage à ma fenêtre. (*Paris*), *Victor Lecou* (1851); gr. in-8, dem.-rel. dos et coins de mar. rouge, tête dor., *non rogné.*   35 fr.

> Exemplaire de PREMIER TIRAGE. Belles illustrations par *Veyrassat, Debacq, Camille Roqueplan, Riffaut, Diaz* et *Tony Johannot.*

1717. **Huet**. Dissertations sur différens Sujets composées par M. Huet recueillies par M. l'abbé de Tilladet, augmentées des remarques de M. Benoist et du R. P. Thomas Marie Griselli. *Florence, Pierre Cajetan Viviani,* 1738 ; 2 vol. in-12, veau, dos orné (*Rel. anc.*) 8 fr.

1718. **Huet** (Pierre Daniel). Traité de la situation du Paradis terrestre. *Paris, J. Anisson,* 1691 ; in-12, veau fauve, dos orné, fil., tr. dor. (*Rel. anc.*)   12 fr.

> Bel exemplaire de la bibliothèque NERVET.

1719. **Hugo** (Victor). Hernani ou l'honneur castillan, drame, par Victor Hugo, représenté sur le Théâtre-français le 25 février 1830. *Paris, Mame et Delaunay-Vallée,* 1830; in-8, demi-rel. dos et coins de mar. rouge, tête dor., *non rogné.* 35 fr.

> ÉDITION ORIGINALE en 8 et 154 pages. — Léger raccommodage à un feuillet.

1720. **Hugo** (V.). Les Orientales. Septième édition. *Paris, Ch. Gosselin,* 1829 ; in-12, br.   6 fr.

> Frontispice sur Chine.

1721. **Humboldt** (Alex. de) et **Bonpland**. Essai politique sur le royaume de la Nouvelle-Espagne. *Paris,* 1811; 2 vol. gr. in-4 et atlas in-fol. *en feuilles.*   75 fr.

> L'atlas comprend 20 cartes (et non 29 ainsi que l'indique Brunet par erreur) dont plusieurs coloriées.

1722. **Humbodt** (Alexandre de) et **Bonpland**. Vues des Cordillières et monuments des peuples indigènes de l'Amérique. *Paris, Schoell,* 1810 ; in-fol. en feuilles.   150 fr.

> 69 planches dont un certain nombre ont été tirées en couleur.

1723. **Hurtado de Mendoza**. Lazarilles de Tormes. Nouvelle édition revue par M. A. Robert. *Paris, Charlieu,* 1865; in-8, br., couv. 6 fr.

> Ouvrage illustré par *Castelli* et gravé par *Hildibrand.*

1724. **Isaure-Toulouse**. Traité formulaire de procédure pratique en matière civile, commerciale, criminelle, administrative et militaire. *Paris, Maresq,* 1891; in-8, br. 8 fr.

1725. **Iturbide** (Don Augustin). Mémoires autographes de Don Augustin Iturbide, ex-Empereur du Mexique. Traduits de l'anglais de

M. J. Quin, par J.-T. Parisot. *Paris, Bossange*, 1824 ; in-8, br. 3 fr.

1726. **Jal** (A.). Salon de 1831. Ebauches critiques. *Paris, Dénain*, 1831 ; in-8, br., couv. 7 fr.
Rare.

1727. **Janin** (Jules). La Normandie. *Paris, Ernest Bourdin, s. d.* (1843); gr. in-8, cart. toile, fers spéciaux, *non rogné*. 15 fr.
Ouvrage illustré de 150 vignettes sur bois dans le texte et de 22 planches tirées à part d'après les dessins de *Morel-Fatio, Tellier, Gigoux, Daubigny, Debon, H. Bellangé, Alfr. Johannot*.

1728. **Jobez** (Alphonse). La Démocratie c'est l'inconnu. *Paris, Comon*, 1849 ; in-8, br. 3 fr.

1729. **Josèphe** (Flavius). Histoire des Juifs écrite par Flavius Joseph sous le titre d'Antiquitez judaïques. Traduite par M. Arnault d'Andilly. Nouvelle édition. *Paris, Roulland*, 1717-1719; 5 vol. in-12, veau. 12 fr.

1730. **Journal gratuit**, par une société de gens de lettres. Quatrième classe. Histoire. L'an premier de la Liberté françoise, 1790. *Paris*, 1790; in-8, demi-rel. veau. 5 fr.
Ce journal, espèce d'encyclopédie, fut divisé en 14 classes, dont nous n'avons ici que les 26 numéros relatifs à l'Histoire.

1731. **Journal** historique, ou fastes du règne de Louis XV, surnommé le Bien-Aimé (par le président de Lévy). *Paris, Prault et Saillant*, 1766; 2 parties en un vol. pet. in-8, portr., veau, dos orné, fil. (*Rel. anc.*) 5 fr.

1732. **Journal** politique-national des Etats-Généraux et de la Révolution de 1789. Publié par M. l'abbé Sabatier. *S. l.*, 1790 ; 3 tomes en 1 vol. in-8, bas. 10 fr.

1733. **Julyot** (Ferry). Les Élégies de la belle fille lamentant sa virginité perdue. Avec une introduction et des notes par E. Courbet. *Paris, Alph. Lemerre*, 1868; in-12, br. 12 fr.
Rare.

1734. **Karr** (Alphonse). Voyage autour de mon Jardin, par M. Alphonse Karr. Illustré par MM. Freeman, L. Marvy, Steinheil, Meissonier, Gavarni, Daubigny et Catenacci. *Paris, L. Curmer et V.*

Lecou, 1851 ; gr. in-8, cart. toile, fers de l'éditeur, tr. dor. 60 fr.
Ouvrage illustré d'environ 150 vignettes sur bois et de 8 planches coloriées avec leurs papiers de soie.
Bel exemplaire du PREMIER TIRAGE.

1735. **Labarte** (Jules). Description des Objets d'art qui composent la collection Debruge-Dumenil, précédée d'une introduction historique par Jules Labarte. *Paris, Victor Didron*, 1847 ; in-8, demi-rel. mar. rouge. 10 fr.
Vignettes dans le texte.

1736. **La Boëssière** (Marquis de). Considérations militaires et politiques sur les guerres de l'Ouest pendant la Révolution françoise. *Paris*, 1827 ; in-8, br. 4 fr.

1737. **La Bruyère**. Les Caractères de Théophraste traduits du grec : avec les caractères ou les mœurs de ce siècle. Sixième édition. *Paris, Etienne Michalet*, 1691 ; in-12, veau (*Rel. anc.*). 20 fr.
SIXIÈME ÉDITION ORIGINALE renfermant 77 caractères nouveaux publiés pour la première fois. Haut. : 164 mm.

1738. **La Bruyère**. Les Caractères de Théophraste traduits du grec avec les Caractères ou les mœurs de ce siècle. Neuvième édition. *La Haye, Adrian Moetjens*, 1696 ; in-12, veau. 15 fr.
Rare contrefaçon avec clef, publiée sous la rubrique de la Haye, mais qui a dû être imprimée en France et peut-être bien à Lyon.

1739. **La Bruyère**. Le Premier texte de La Bruyère, publié par D. Jouaust. *Paris, Jouaust*, 1868 ; in-16, br. 4 fr.
PAPIER VERGÉ.

1740. **La Faye**. Recherches sur la préparation que les Romains donnoient à la chaux dont ils se servoient pour leurs constructions, et sur la composition et l'emploi de leurs mortiers. *Paris, impr. royale*, 1777 ; 2 tomes en un vol. in-8, mar. rouge, dos orné, fil., tr. dor. (*Rel. anc.*). 25 fr.
Bon exemplaire.

1741. **La Fontaine**. Les Amours de Psiché et de Cupidon. Edition nouvelle, plus correcte que la précédente. *La Haye, Adrien Mœtjens*, 1707 : in-12, front., veau. 5 fr.

Et de Livres anciens et modernes

1742. La Fontaine. Psyché, publié par D. Jouaust. Compositions d'Emile Lévy, gravées à l'eau-forte par Boutelié, dessins de Giacomelli gravés sur bois par Sargent. *Paris, libr. des Bibliophiles*, 1880 ; in-16, br., couv.   15 fr.

 Texte encadré d'un filet rouge.

1743. La Fontaine. Contes, publiés par D. Jouaust, avec une préface de Paul Lacroix. Dessins d'Ed. de Beaumont gravés à l'eau-forte par Boilvin. *Paris, libr. des Bibliophiles*, 1885 ; 2 vol. in-16, br. 12 fr.

1744. La Fontaine. Fables de La Fontaine. Avec une préface par M. Théodore de Banville. Compositions inédites de Moreau, gravées par Milius. *Paris, Rouquette*, 1883 ; 2 vol. in-16, br., couv.   15 fr.

 PAPIER VERGÉ.

1745. La Fontaine. Les Œuvres postumes (*sic*) de Monsieur de La Fontaine. *Paris, Guill. de Luyne*, 1696 ; in-12, veau (*Rel. anc.*) 15 fr.

 Ce volume, publié par Mme Ulrich, renferme le conte du *Quiproquo* en première édition.

1746. Lahorty-Hadji. La Syrie, la Palestine et la Judée et pèlerinage à Jérusalem et aux lieux saints. *Paris, Bolle-Lasalle*, 1853 ; in-4, bas. verte.   6 fr.

 20 jolies planches gravées sur acier.

1747. Lanzi (Abbé). Histoire de la Peinture en Italie, depuis la Renaissance des beaux-arts, jusques vers la fin du XVIIIe siècle. Traduite de l'italien par Mme Armande Dieudé. *Paris, Séguin*, 1824 ; 5 vol. in-8, br.   30 fr.

1748. Larcher. Mémoire sur Vénus. *Paris, Valade*, 1775 ; in-12, veau, dos orné (*Rel. anc.*)   5 fr.

1749. Larchey (Lorédan). Les Joueurs de mots, compilation faite par Lorédan Larchey. *Paris*, 1867 ; in-12, br.   2 fr.

1750. La Rochefoucauld. Réflexions ou sentences et maximes morales. Dernière édition, revuë et corrigée. *Rouen, Jacques Lucas*, 1672 ; in-12, veau.   10 fr.

 Cette édition, copie des impressions de Barbin, comprend 373 maximes formées des textes combinées de la 1re et de la 2 édition de Paris.

1751. La Rochefoucauld. Réflexions ou sentences et maximes morales. *Paris, L. de Bure*, 1824 ; in-16, portr., cart., *non rogné*. 10 fr.

 Jolie petite édition imprimée par Firmin Didot.

1752. La Sale (Antoine de). L'Histoire et plaisante cronique du petit Jehan de Saintré, de la jeune Dame des belles Cousines sans autre nom nommer. *Paris, P. Huet*, 1724 ; 3 vol. in-12, veau.   10 fr.

1753. Lasteyrie (C.-P. de). Du Pastel, de l'indigotier et des autres végétaux dont on peut extraire une couleur bleue. *Paris, Deterville*, 1811 ; in-8, br.   3 fr.

1754. Latour (Charlotte de). Le Langage des Feurs. *Paris, Audot*, *s. d.*; pet. in-12, cart., *non rogné*. 12 fr.

 Titre et 14 jolies planches en couleur.

1755. Lauzun (Armand-Louis de Gontaut, duc de). Mémoires de M. le duc de Lauzun. Seconde édition. *Paris, Barrois*, 1822 ; 2 vol. pet. in-12, br.   7 fr.

 Jolie petite édition tirée sur PAPIER VÉLIN de ces mémoires dirigés contre la reine Marie-Antoinette.

1756. Lavardin. Histoire de Georges Castriot, surnommé Scanderbeg, roy d'Albanie, contenant ses illustres faicts d'armes et mémorables victoires à l'encontre des Turcs. Recueillie, dressée et poursuivie jusques à la mort de Mahomet II, par Jacques de Lavardin, seigneur du Plessis Bourrot. *Saint-Gervais, Pierre de la Rovière*, 1604 ; pet. in-8, vélin à recouvrements.   5 fr.

 Taches.

1757. Le Clerc (Sébastien). Traité de Géométrie théorique et pratique, à l'usage des artistes. *Paris, Jombert*, 1774 ; in-8, br.   25 fr.

 Ouvrage orné de 55 planches et 2 entêtes dessinés par *Cochin*.

1758. Legué (Gabriel). Urbain Grandier et les possédées de Loudun, documents inédits de M. Charles Barbier. *Paris, L. Baschet*, 1880 ; gr. in-8, portr. et fac-similé d'écriture, br.   15 fr.

 L'un des 25 exemplaires tirés sur PAPIER DE CHINE avec envoi autographe de l'auteur.

Achat de Bibliothèques

1759. **Lemaistre** (Alexis). Potaches et bachots. Ouvrage illustré de 40 gravures hors texte. *Paris, Firmin-Didot*, 1893 ; gr. in-8, *broché, couv. ill.*   10 fr.

1760. **Le Muet.** Traicté des cinq Ordres d'architecture desquels se sont servy les anciens. Traduit du Palladio, augmenté de nouvelles inventions pour l'art de bien bastir par le S. le Muet. *Paris, Langlois dit Chartres*, 1645 ; in-8 carré, bas.   12 fr.

Planches gravées sur cuivre.

1761. **Lenglet-Dufresnoy.** Histoire de Jeanne Darc, vierge, héroïne et martyre d'Etat ; suscitée par la Providence pour rétablir la Monarchie française. Tirée des procès et autres pièces originales du temps. *Paris, Coutellier*, 1753 ; 3 tomes en un vol. in-12, veau (*Rel. anc.*).   8 fr.

1762. **Lenglet du Fresnoy.** L'Histoire justifiée contre les Romans. *Amsterdam, aux dépens de la Compagnie*, 1735; in-12, veau fauve, dos orné, tr. rouge (*Rel. anc.*).   8 fr.

1763. **Lenormant** (Ch.). Les Artistes contemporains. Salon de 1831. *Paris, Mesnier*, 1833 ; 2 vol. in-8, cart., *non rognés*.   15 fr.

Charlet, Vernet. Tony Johannot, Corot, Ingres, etc.

1764. **Léonard de Vinci.** Traité élémentaire de la peinture. *Paris, Déterville*, 1803 ; in-8, br.   7 fr.

Ouvrage orné de 58 figures, d'après Le Poussin, dont 34 en taille-douce.

1765. **Le Paige.** Dictionnaire topographique, historique, généalogique et bibliographique de la province et du diocèse du Maine. *Au Mans, Toutain, et Paris, Saugrain*, 1777; 2 vol. in-8, bas.   20 fr.

1766. **Le Roux de Lincy.** Recherches sur Jean Grolier, sur sa vie et sa bibliothèque, suivies d'un catalogue des livres qui lui ont appartenu. *Paris, L. Potier*, 1865 : gr. in-8, demi-rel. chagr. brun, tête dor., *non rogné*.   15 fr.

Ouvrage illustré de 6 planches en noir et en couleur, le plus complet qui ait été publié sur le célèbre bibliophile lyonnais. L'amateur de livres et de belle reliure du XVI° siècle y trouvera amplement décrit tout ce que le temps a laissé parve-nir jusqu'à nous des vestiges dans cette magnifique collection.

1767. **Lespinasse** (Mlle de). Nouvelles lettres de Mlle de Lespinasse, suivies du portrait de M. de Mora, et d'autres opuscules inédits du même auteur. *Paris, Maradan*, 1820 ; in-8, br.   4 fr.

1768. **Levis** (de). Souvenirs et portraits, 1780-1789. *Paris, Buisson*, 1813 ; in-8, br.   3 fr. 50

1769. **Liger** (Louis). Amusemens de la Campagne, ou nouvelles ruses innocentes, qui enseignent la manière de prendre aux pièges toutes sortes d'oiseaux et de bêtes à quatre pieds. *Paris, Saugrain*, 1753 ; 2 vol. in-12, fig., veau.   8 fr.

1770. **Liger** (Louis). Œconomie générale de la campagne, ou nouvelle maison rustique. *Paris, Ch. de Sercy*, 1700; 2 vol. in-4, veau. 20 fr.

1771. **Ligne** (le Prince de). Œuvres choisies. Avec une notice par M. de Lescure. *Paris, libr. des Bibliophiles*, 1890 ; in-16, br.   5 fr.

Portrait gravé à l'eau-forte par *Lalauze*.

1772. **Linguet.** Mémoires sur la Bastille. *Londres*, 1783 ; in-8, front., br.   4 fr.

1773. **Livre rouge.** Premier [deuxième et troisième]. Registre des dépenses secrètes de la Cour, connu sous le nom de Livre rouge, apporté par les députés des corps administratifs de Versailles le 28 février 1793. *Paris, impr. Nationale*, 1793 ; 3 parties en un vol. in-8, demi-rel. bas.   10 fr.

1774. **Londres** et ses Environs, ou guide des Voyageurs, curieux et amateurs dans cette partie de l'Angleterre. Ouvrage fait à Londres par M. D. S. D. L. *Paris, Buisson*, 1788 ; 2 vol. in-12, veau.   10 fr.

Planches en taille-douce.

1775. **Longus.** Les Amours pastorales de Daphnis et Chloé, escrites en grec par Longus, et translatées en françois par Amyot. *Londres*, 1779 ; in-8, cart., *non rogné*. 10 fr.

Figures gravées d'après les compositions du *Régent*.

1776. **Longus.** Daphnis et Chloé, traduction d'Amyot. Compositions

Et de Livres anciens et modernes

d'Emile Lévy, gravées à l'eau-forte par Flameng. Dessins de Giacomelli gravés sur bois par Rouget et Sargent. *Paris, libr. des Bibliophiles*, 1872 ; in-16, br.   20 fr.

L'un des 50 exemplaires tirés sur PAPIER DE CHINE. avec le tirage à part des 4 eaux-fortes de *Flameng*.

1777. Louvet de Couvray. Les Amours du chevalier de Faublas, avec une préface par Hippolyte Fournier. Dessins de Paul Avril gravés à l'eau-forte par Monziès. *Paris, Jouaust*, 1884 ; 5 vol. in-16, br., couv.   35 fr.

De la Petite Bibliothèque artistique, publié à 60 fr.

1778. Louvet de Couvray. Mémoires de J.-B. Louvet, membre de la Convention ; de la journée du 31 mai, suivis de quelques notices pour l'histoire et le récit de mes périls depuis cette époque. *Paris*, 1821 ; 2 vol. in-12, br.   4 fr.

1779. Louvet de Couvray. Quelques Notices pour l'histoire et le récit de mes périls depuis le 31 mai 1793. *Paris, Louvet, an III (1795)* ; in-8, br.   6 fr.

Mouillures.

1780. Luxe (Ouvrage sur le). En un vol. in-12, veau, dos orné (*Rel. anc.*).   15 fr.

Essai sur le luxe (par J.-F. de Saint-Lambert). *S. l.*, 1764. — Lettres critiques sur le luxe et les mœurs de ce siècle, par M. Béliard. *Amsterdam et Paris, Mérigot*, 1771. — Traité du luxe, par M. Butini. *Genève, Bardin*, 1774. — Discours sur le luxe, par Genty. *S. l.*, 1783.

1781. Lycée armoricain (Le). Revue de l'Ouest. Années 1823 à 1831. *Nantes, impr. Mellinet-Malassis*, 1823-1831 ; 18 vol. in-8, demi-rel. dos et coins de veau fauve.   60 fr.

Revue bretonne dont les principaux rédacteurs furent Le Boyer, Richer, Lud. Capplain, Dufort, Lorieux, C. Mellinet, L. Pont, Dithuny, Blanchard de la Musse, Hipp. Lucas, Souvestre, Desbordes-Valmore, etc.

1782. Magny (Marquis de). De la Répression des Usurpations des noms et titres de noblesse. Troisième édition. *Paris*, 1869 ; in-8, br.   2 fr.

1783. Mahomet. L'Alcoran de Mahomet, traduit de l'arabe par André du Ryer, sieur de la Garde Maie-

zair. Nouvelle édition revue et corrigée. *Amsterdam, Pierre Mortier*, 1746 ; 2 vol. in-12, veau.   8 fr.

1784. Malherbe. Les Poésies de M. de Malherbe ; avec les observations de M. Ménage. *Paris, Louis Billaine*, 1666 ; in-8, veau (*Rel. anc.*).   20 fr.

Edition dédiée à Colbert, dans laquelle on trouve le discours d'Antoine Godeau sur les œuvres de Malherbe.
Bel exemplaire grand de marges.

1785. Malherbe. Poésies rangées par ordre chronologique, avec la vie de l'auteur et de courtes notes, par A. G. M. Q. (A.-G. Meusnier de Querlon). *Paris, Barbou*, 1776 ; in-8, portr., br.   5 fr.

Bel exemplaire.

1786. Malingre (Claude). Histoires tragiques de Nostre Temps. Dans lesquelles se voyent plusieurs belles maximes d'Estat, et quantité d'exemples fort mémorables, de constance, de courage, de générosité, de regrets et repentances (par Claude Malingre, sieur de S. Lazare). *Paris, Claude Collet*, 1635 ; in-8, vélin.   6 fr.

1787. Malo (Charles). Histoire des Tulipes. *Paris, Louis Janet, s. d.* ; pet. in-12, veau bleu, dos orné, dent., milieux à froid, tr. dor. 12 fr.

Joli volume imprimé par Didot l'aîné et illustré de 12 planches en couleur, dessinées par *P. Bessa*.

1788. Malo (Charles). Histoire des Tulipes. *Paris, Louis Janet. s. d.* ; pet. in-12, br.   6 fr.

12 planches en couleur dessinées par *P. Bessa*.

1789. Manteaux (Les), recueil. (Par le Comte de Caylus). *La Haye*, 1746 ; 2 part. en un vol. in-8, veau fauve, dos orné. (*Rel. anc.*) 10 fr.

Volume fort intéressant et fort rare.

1790. Manuscrit (Le) de feu M. Jérôme, contenant son œuvre inédite, une notice biographique sur sa personne, un fac-similé et le portrait de cet illustre contemporain. (Par le Comte Ant.-François de Nantes.). *Paris et Leipsig*, 1825 ; in-8, br.   3 fr.

1791. Marat (J.-P.). Les Chaînes de l'esclavage. Ouvrage destiné à développer les noirs attentats des princes contre les peuples. *Paris,* 1793 ; in-8, br. 10 fr.

1792. Marbeuf. Recueil des vers de M. de Marbeuf, chevalier sieur de Sahurs. *Rouen, impr. de David du Petit-Val,* 1628 ; in-8, vélin. 10 fr.

Mouillures.

1793. Marguerite de Valois. Mémoires de Marguerite de Valois, reine de France et de Navarre, auxquels on a ajouté son éloge, celuy de M. de Bussy et la Fortune de la Cour. *Liège, J.-F. Broncart,* 1713 ; in-12, demi-rel. mar. brun. 15 fr.

Cette édition est due aux soins de J. Godefroy et a été imprimée à Bruxelles chez Foppens. La Fortune de Cour a pour auteur Pierre de Dampmartin.

1794. Marie-Antoinette. Vie de Marie-Antoinette-Josèphe-Jeanne de Lorraine, archiduchesse d'Autriche, reine de France et de Navarre (par F. Barbié de Bercenay). *Paris, Capelle,* 1802 ; 3 vol., portr. — Marie-Antoinette à la Conciergerie, fragment historique par le Comte Fr. de Robiano. *Paris, Baudouin,* 1824 ; 1 vol., front. Ens. 4 tomes en un vol. in-12, demi-rel. bas. 20 fr.

Le premier ouvrage serait en réalité, d'après Beuchot, de Sulpice de la Platière et de Capelle.

1795. Marmontel. Mémoires d'un père. *Paris, Ledoux,* 1827 ; 2 vol. in-8, fig., br. 6 fr.

Espèce de traité méthodique de morale. Chénier considérait le Bélisaire comme le complément de cet ouvrage.

1796. Marmontel. Œuvres posthumes, imprimées sur le manuscrit autographe de l'auteur. *Paris, Khrouet,* 1804 ; 4 tomes en 2 vol. bas., dos orné. 12 fr.

1797. Marquis (Léon). Les Rues d'Etampes et ses monuments. Histoire, archéologie, chronique, géographie, biographie et bibliographie. *Etampes, Brière,* in-8, br. 4 fr.

Plans, cartes et figures.

1798. Martin (Alexandre). Manuel de l'Amateur d'huitres, contenant l'histoire naturelle de l'huitre, une notice sur la pêche, le parcage et le commerce de ce mollusque en France. *Paris, Audot,* 1828 ; pet. in-12, br., couv. 5 fr.

Frontispice en couleur par *Henry Monnier.*

1799. Martin (Alex.). Manuel de l'Amateur de Truffes, ou l'art d'obtenir des truffes au moyen de plants artificiels. *Paris, Leroi,* 1828 ; pet. in-12, demi-rel. chagr. violet. 5 fr.

Frontispice en couleur par *Henry Monnier.*

1800. Maudet de Penhoüet. Recherches historiques sur la Bretagne d'après ses monuments anciens et modernes. *Nantes, Mangin, et Paris, F. Didot,* 1814 ; in-4, veau racine, dos orné. 15 fr.

Première partie, la seule parue, orné des armoiries de Bretagne et de 6 planche.e

1801. Mémoires d'un détenu, pour servir à l'histoire de la tyranie de Robespierre (par Honoré Riouffe). Seconde édition. *S. l. (Paris), an III* (1795) ; in-8, br. 4 fr.

1802. Mémoires de l'Académie Celtique, ou recherches sur les antiquités celtiques, gauloises et françaises. *Paris, Dentu,* 1807-1810 ; 5 vol. in-8, demi-rel. 30 fr.

1803. Mémoires de l'Académie des Sciences, Inscriptions, Belles-Lettres, Beaux-Arts, etc. Nouvellement établie à Troyes en Champagne. (Par Grosley, Lefèvre et David). *Troyes et Paris, Duchesne,* 1756 ; 2 tomes en un vol. in-12, front., demi-rel., bas. verte. 15 fr.

Ce recueil de mémoires, sous un titre sérieux, ne renferme que des pièces facétieuses ou scatologiques.

1804. Mémoires de l'Académie des Sciences, Inscriptions, Belles-Lettres, Beaux-Arts, etc., ci-devant établie à Troyes en Champagne. (Par Grosley, Lefèvre et David). *S. l.,* 1768 ; in-12, demi-rel. veau. 10 fr.

Troisième édition. Portrait de Grosley ajouté.

1805. Mémoires de Littérature. (Par de Sallengre). *La Haye, H. du Sauzet,* 1715-1717 ; 2 vol. in-12, front. — Continuation des Mémoires de littérature et d'histoire (par le P. Desmolets et l'abbé Gouget). *Paris, Simart,* 1730-1731 ; 11 vol.

in-12. Ens. 13 vol. in-12 ; veau fauve, dos orné (*Rel. anc*). 40 fr.

Les 2 volumes du premier ouvrage sont aux armes du duc de RICHELIEU.

1806. **Mémoires** du Ministère du duc d'Aiguillon, Pair de France, et de son commandement en Bretagne. (Rédigés par le Comte de Mirabeau et publiés par J. L. Giraud-Soulavie l'aîné). *Paris*, 1790 ; in-8, demi-rel. veau.   5 fr.

1807. **Mémoires** ecclésiastiques concernant la ville de Laval et ses environs, diocèse du Mans, pendant la Révolution de 1789 à 1802, par un prêtre de Laval (Isidore Boullier). *Laval, impr. de Genesley-Portier*, 1841 ; in 8, br.   3 fr.

1808. **Mémoires** historiques de Mesdames Adélaïde et Victoire de France, filles de Louis XV, par M. T*** (de Montigny). *Paris, Lerouge*, 1802 ; 3 vol. in-12, br. 10 fr.

3 frontispices dessinées par *Naudet*, gravés par *Bovinet*.

1809. **Mémoires** historiques et secrets concernant les Amours des rois de France. Réflexions historiques sur la mort de Henri le Grand. Le Mal de Naples, son origine et ses progrès en France. *Cologne, Pierre Marteau*, 1747 ; pet. in-12, cart., *non rogné*.   35 fr.

Petit livre curieux et rare dont la matière fut publiée par Boyer, marquis d'Argens. Leber déclare, d'après ce qu'il est dit dans son catalogue, n'avoir connu d'autre édition que celle de 1739 renfermant les Réflexions d'Augustin Conon sur la mort de Henri IV.

1810 **Mémoires** pour servir à l'histoire de la Calotte. (Par Guillaume Plantavit de la Pause, l'abbé de Margon, l'abbé F.-F. Guyot-Desfontaines, J. Aymon, Fr. Gacon, P.-C. Roy et autres). *Aux états calotins, de l'impr. calotine*, 1752 ; 4 parties en 3 vol. in-12 br. 10 fr.

1811. **Ménagiana** ou les bons mots et remarques critiques, historiques, morales et d'érudition de Monsieur Ménage recueillies par ses amis. *Paris, Florentin Delaulne*, 1715 ; 4 vol. in-12, veau (*Rel. anc*.). 20 fr.

1812. **Menestrier.** Le véritable Art du Blason, et l'origine des ar-

moiries. *Lyon, Benoist Coral*, 1671 ; in-12, veau.   6 fr.

Planches d'armoiries.

1813. **Mérimée** (Prosper). Notes d'un voyage dans l'Ouest de la France. *Paris, Fournier*, 1836 ; in-8, br.   6 fr.

1814. **Mézeray** (Fr. Eudes de). Mémoires historiques et critiques sur divers points de l'Histoire de France, et plusieurs autres sujets curieux. *Amsterdam, J. F. Bernard*, 1753 ; 2 tomes en 1 vol. in-8, veau marbré, dos orné.   6 fr.

Bel exemplaire.

1815. **Millard.** Observations sur la distinction des rangs dans la Société. *Amsterdam et Paris, Pissat*, 1778 ; in-12, veau.   3 fr.

1816. **Molina** (Abbé). Essai sur l'histoire naturelle du Chili. Traduit de l'italien et enrichi de notes par M. Gruvel. *Paris, Née de la Rochelle*, 1789 ; in-8, demi-rel. veau.   7 fr.

1817. **Molinier** (Emile). Les Plaquettes. Catalogue raisonné. *Paris, Jules Rouan*, 1886 ; 2 tomes en un vol. gr. in-8, fig., demi-rel. dos et coins de chagr. brun, tête dor., *non rogné*.   15 fr.

1818. **Moncrif.** Œuvres. *Paris, Brunet*, 1751 ; 3 vol. pet. in-12, veau, dos orné (*Rel. anc*.).   15 fr.

Portrait de l'auteur, 3 titres gravés et 3 frontispices dessinés par *de Sève* et gravés par *Baquoy, Sornique* et *Chenu*.

1819. **Montluc.** Commentaires de Messire Blaize de Montluc, mareschal de France, où sont décrits tous les combats, rencontres, escarmouches, batailles, sièges, etc. esquels ce grand et renommé guerrier s'est trouvé durant cinquante ou soixante ans. *Paris, Louis Billaine*, 1661 ; 2 vol. in-12, veau. 18 fr.

1820. **Montbarey.** Mémoires autographes de M. le prince de Montbarey, Ministre secrétaire d'état au département de la guerre sous Louis XVI. *Paris, Eymery*, 1826-1827 ; 3 vol. in-8, br.   15 fr.

1821. **Morel de Vindé.** Primerose. *Paris, impr. de P. Didot l'aîné*

(Bleuet), 1798, pet. in-12, demi-rel. veau. 15 fr.

Frontispice et 5 charmantes figures gravées par *Godefroy* d'après *Le Febvre*.

1822. Morel de Vindé. Zélomir. *De l'impr. de P. Didot l'aîné. A Paris, chez Bleuet jeune, 1801* ; pet. in-12, cart. 10 fr.

6 figures de *Lefèvre*, gravées par *Godefroy*.

1823. Morellet (L'abbé). Mémoires suivis de sa correspondance. Précédés d'un éloge historique de l'abbé Morellet, par M. Lemontey. *Paris, Baudouin, 1823* ; 2 vol. in-8, cart., *non rognés*. 5 fr.

1824. Moulinet. La Vraye Histoire comique de Francion, composée par Nicolas de Moulinet, sieur du Parc, gentilhomme lorrain. Soigneusement reveue et corrigée. *Leyde, Henry Drummond, 1685, 2* vol. in-12, front. et fig., veau. 15 fr.

Roman attribué à Charles Sorel de Souvigny ; il est des plus intéressant pour l'histoire des mœurs en France dans la première partie du XVII° siècle.

1825. Moutié. Cartulaire de l'abbaye de Notre-Dame de Notre-Dame de la Roche, de l'ordre de Saint-Augustin, au diocèse de Paris, d'après le ms. original de la Bibliothèque impériale. *Paris, H. Plon, 1862* ; in-4, br. 40 fr.

PAPIER VERGÉ. Publié par la société d'archéologie de Rambouillet. Avec un atlas in-fol. de 40 pl.

1826. Nain jaune (Le), ou journal des arts, des sciences et de la littérature. *Paris, 1815* ; in-8, parch. 15f.

Collection de 25 numéros de cette revue satirique parue pendant les cent jours, du 5 mars au 5 juillet 1815, illustrée de 3 planches repliées dont 2 en couleurs.

1827. Nain jaune (Le), ou journal des arts, des sciences et de la littérature. *Paris, impr. de Fain, 1815* ; in-8, cart. 15 fr.

20° volume comprenant les n°° 341 à 378, (5 janvier-10 juillet 1815) de cette revue aussi spirituelle que satirique.

1828. Naudin. L'Ingénieur françois, contenant la géométrie pratique, sur le papier et sur le terrain, avec le toisé des travaux et des bois ; la fortification régulière et irrégulière ; sa construction effective : l'attaque et la défense des places. Avec la méthode de M.

de Vauban, par M. N*** (Naudin) *Lyon, Jacques Certe, 1738* ; in-8, mar. vert olive, dos orné, fil., tr. dor. (*Rel. anc.*). 200 fr.

24 planches démonstratives gravées sur cuivre.
Bel exemplaire aux armes du comte Henri de CALENBERG.

1829. Nicole. Instructions théologiques et morales, sur l'oraison dominicale, la salutation augélique, la sainte messe, et les autres prières de l'église. Nouvelle édition. *Paris, Ch. Osmont, 1723*, in-12, veau 6 fr.

1830. Nissen (G.-N. de). Histoire de W. A. Mozart sa vie et son œuvre. Traduite de l'allemand par Albert Sowinski. *Paris, Garnier, 1869* ; gr. in-8, br. 3 fr.

1831. Noblesse. (La) ramenée à ses vrais principes, ou examen du développement de la noblesse commerçante (par le marquis de Vento des Pennes). *Amsterdam (Paris) et Paris, Desaint et Saillant, 1759* ; in-12, veau. 3 fr.

1832. Nodier (Charles). La Seine et ses bords. — La Saône et ses bords. *Paris, chez l'éditeur (Mure de Pelanne), 1836* ; 2 tomes en un vol. in-8, demi-rel. dos et coins de mar. rouge, dos orné, *non rogné*. 40 fr.

Vignettes sur bois par *Marville* et *Fousserau*.
Bel exemplaire en GRAND PAPIER VÉLIN.

1833. Nonnantès. L'Après-Dinée des dames de la Juifverie, conversation comique, par le sieur de Nonnantes** (ou de Nonantois). *Nantes, N. Verger, 1722* ; in-12 de 1 f. de titre, 77 pp. de texte et 4 pp. de privilège, demi-rel. veau. 20 fr.

Pièce nantaise très rare.

1834. Norden (F.-L). Voyage d'Égypte et de Nubie. Nouvelle édition avec des notes et des additions tirées des auteurs anciens et modernes et des géographes arabes par L. Langlois. *Paris, Didot, 1795-1798* ; 3 vol. in-4 et un atlas gr. in-4, demi-rel. chag. rouge. 35fr.

Exemplaire en PAPIER VÉLIN, orné d'un frontispice, du portrait de l'auteur et de 68 figures.

1835. Œttinger (Édouard-Marie). Bibliographie biographique universelle. Dictionnaire des ouvrages

Et de Livres anciens et modernes

relatifs à l'histoire de la vie publique et privée des personnages célèbres de tous les temps et de toutes les nations depuis le commencement du monde jusqu'à nos jours. *Paris, Lacroix,* 1866 ; 2 vol. in-4, br.   15 fr.

1836. **Opéra** (L'). Eaux-fortes et quatrains par un abonné. *Paris, libr. des bibliophiles,* 1876 ; in-16, br.   15 fr.

     Frontispices par le comte Lepic et 50 portraits gravés à l'eau-forte, par *A. Masson, Desboutins, Vion.*

1837. **Ordre** provisionnel du Roy, pour son régiment des Gardes françoises. *Paris,* 1762 ; in-12, veau.   4 fr.

1838. **Oudin** (l'abbé J.). Manuel d'Archéologie religieuse, civile et militaire. *Paris, Lecoffre,* 1850 ; in-8, br.   8 fr.

     Ouvrage orné de 12 planches gravées par *Marlier.*

1839. **Ovide.** (Les Métamorphoses d'Ovide, traduites en françois par P. du Ryer, avec des explications sur toutes les fables. *Paris, A. de Sommaville,* 1655 ; in-4, veau 5 fr.

1840. **Pacini** (Eugène). La Marine, arsenaux, navires, équipages, navigation, atterrages, combats par M. Eugène Pacini. Illustrations de M. Morel-Fatio. *Paris, L. Curmer,* 1844 ; gr. in-8, demi-rel. dos et coins de chagr. violet, *non rogné.*   35 fr.

     Frontispice de *Beaucé,* 9 planches coloriées et 22 gravures sur acier et nombreuses vignettes sur bois dans le texte. Bel exemplaire.

1841. **Papiers** saisis à Bareuth et à Mende, département de la Lozère. *Paris, impr. de la République,* an X (1802) ; in-8, br.   5 fr.

1842. **Partisans** (les) démasquez ou l'art de voler sans ailes. *Cologne, Jacques Foppens,* 1710 ; 2 vol. pet. in-12, front., demi-rel.   6 fr.

1843. **Pausanias** (Le) français ; état des arts du dessin en France à l'ouverture du XIXe siècle : Salon de 1806... Publié par un observateur impartial. (P.-J-B-P. Chaussard.) *Paris, Buisson,* 1808 ; in-8, br.   10 fr.

     Ouvrage orné de 27 figures en taille-douce.

1844. **Pellarin** (Charles). Souvenirs anecdotiques. Médecine navale, Saint-Simonisme, chouannerie. *Paris,* 1868 ; in-8, br.   3 fr.

     Envoi d'auteur.

1845. **Pensées** sur les femmes et le mariage, dédiées aux hommes par un vieux militaire. *Kehl,* 1872 ; 3 tomes en un vol. in-12, bas. 20 fr.

     Curieux frontispice satyrique.

1846. **Pièces** dérobées à un ami (par l'abbé de Lattaignant). *Amsterdam,* 1750 ; 2 vol. in-12, veau. 10 fr.

     L'épitre à l'auteur placée en tête du premier volume est de Meusnier de Querlon.

1847. **Pièces** judiciaires historiques relatives au procès du duc d'Enghien. Par l'auteur de l'opuscule intitulé « De la libre défense des accusés » (Dupin aîné). *Paris, Baudouin,* 1823; in-8, portr., br.   4 fr.

1848. **Piganiol de la Force.** Nouvelle description des châteaux et parcs de Versailles et de Marly, contenant une explication historique de toutes les peintures, tableaux, statues, etc. Quatrième édition. *Paris, Florentin Delaulne,* 1717 ; 2 vol. in-12, veau.   10 fr.

     Vues et plans gravés en taille-douce.

1849. **Pierre de Saint-Louis** (le R. P.). La Madelaine au désert de la Sainte-Baume en Provence. Poème spirituel et chrétien, par le R. P. Pierre de S. Louis, religieux carme. *Lyon, J.-B. et Nic. de Ville,* 1694 ; in-12, veau.   7 fr.

1850. **Politique** de tous les cabinets de l'Europe pendant les règnes de Louis XV et Louis XVI, contenant des pièces authentiques sur la correspondance secrète du comte de Broglie, un ouvrage dirigé par lui et exécuté par M. Favier ; plusieurs mémoires du comte de Vergennes, de M. Turgot, etc. (Publié par M. J.-A. Roussel, avocat.) *Paris, Buisson,* 1793 ; 2 vol. in-8, br.   6 fr.

1851. **Politique** nouvelle de la Cour de France, sous le règne de Louis XIV où l'on voit toutes ses intrigues et sa manière présente d'agir à l'égard de toutes les puissances. *A Cologne, chez Pierre Marteau,* 1694 ; pet. in-12, chagr. La Val-

Achat de Bibliothèques

lière, dos orné, fil., tr. dor. 10 fr.
Impression en 330 pp. faite à La Haye.
Haut. : 130 mm.

1852. **Poulet-Malassis** (Ouvrages
édités par). *Paris et Bruxelles*,
1858-1870 ; format in-12, br.
LECONTE DE LISLE. Poésies complètes
1858. Première édition collective.
(le frontispice manque). 4 fr.
GONCOURT (Ed. et J. de). Sophie
Arnoult. 1859. 2e éd. 4 fr.
PIRON. Œuvres inédites. 1859. 5 fr.
BOUGY (Alfred de). Voyage dans la
Suisse française et dans le Chablais.
1860. 5 fr.
BABOU (Hipp.). Lettres satiriques et
critiques. 1860. 3 fr.
JEAN DE FALAISE (Chennevières-Poin-
tel). Derniers Contes. 1860. 5 fr.
GARAT. Mémoires. 1862. 4 fr.
DESPORTES. Chefs-d'œuvre. 1862. 3 fr.
PONSARD (René). Les Echos du bord.
1862. 3 fr.
AVENTURES de l'abbé de Choisy ha-
billé en femme. 1870. 5 fr.

1853 **Pour** (Le) et le Contre. Recueil
complet des opinions prononcées à
l'Assemblée conventionnelle, dans
le procès de Louis XVI. *Paris,
Buisson, an I* (1793) ; 7 vol. in-8,
bas., dos orné. 25 fr.
Rare et intéressant recueil de toutes les
opinions formulées par les membres de
la Convention dans le procès du roi
Louis XVI.

1854. **Préval** (Général). Projet de
règlement de service pour les armées françaises. *Paris, Didot*,
1812 ; in-8, br. 12 fr.
Ouvrage tiré à 25 exemplaires.

1855. **Prévost** (abbé). Histoire de
Manon Lescaut et du chevalier des
Grieux ; précédée d'une étude par
Arsène Houssaye. *Paris, libr. des
Bibliophiles*, 1874 ; 2 vol. in-16,
br. 35 fr.
L'un des 15 exemplaires sur PAPIER DE
CHINE.
6 eaux-fortes par *Ed. Hédouin* AVANT
LA LETTRE.

1856. **Procédures** faites en Bretagne et devant la Cour des Pairs
en 1770 avec des observations. *S.
l.*, 1770 ; in-12, veau. 8 fr.
Ces deux volumes ont été imprimés
pour le duc d'Aiguillon dans son célèbre
procès avec le parlement de Rennes.

1857. **Promenade** (La) de Versailles ou entretiens de six coquet-
tes (par Mlle de Scudéry). *La Haye,
Corneille de Ruyt*, 1736 ; in-8,
veau. 10 fr.
Ce roman a été attribué à tort à Mme de
Verrue et aussi à la duchesse de Luynes.

1858. **Promenades** (Les) et Ren-
dez-vous du parc de Versailles.
(Par Huerne de la Mothe). *Londres*,
1784 ; 2 tomes en un vol. pet. in-12,
veau. 8 fr.

1859. **Proyart** (abbé). Louis XVI
détrôné avant d'être Roi ou tableau
des causes nécessitantes de la Révolution française, et de l'ébranle-
ment de tous les trônes ; faisant
partie intégrante d'une vie de
Louis XVI qui suivra. *Londres*,
1800 ; in-8, br. 5 fr.

1860. **Quesnay de Beaurepaire**
(Alfred). L'Ane des Korrigans,
suivi de Les Bateaux noirs de
Belle-Isle (Légendes du Morbihan).
Ouvrage illustré de 30 composi-
tions par l'auteur, gr. par Ch. G.
Petit. *Paris, Firmin-Didot*, 1894 ;
in-4, br., couv. illustr. 10 fr.

1861. **Rabaut.** (J.-P.). Almanach
historique de la Révolution françoise, pour l'année 1792. *Paris, et
Strasbourg* (1792) ; in-12, br. 12 fr.
5 jolies figures par *Moreau le jeune.*

1862. **Ramel**. Journal de l'adju-
dant-général Ramel, commandant
de la Garde du corps législatif de
la République française, l'un des
déportés à la Guiane après le 18
Fructidor. *Londres*, 1799 ; in-8,
br. 4 fr.

1863. **Raveneau** (Jacques). Traité
des Inscriptions en faux et recon-
noissances d'Escritures et signa-
tures par comparaison et autre-
ment. *Paris, Thomas Joly*, 1666 ;
in-12, chiff. et armoiries, veau 20 fr.
Ce livre fut supprimé comme pouvant
renseigner les faussaires sur les moyens
employés, pour reconnaître leurs fraudes.

1864. **Recherches** philosophiques
et historiques sur le célibat des
prêtres (par l'abbé Gaudin). *Londres*, 1783 ; in-8 veau (*Rel. anc.*) 5 fr.

1865. **Recherches** sur l'autorité et
les richesses du Clergé, et sur les
moyens d'en tirer avantage pour
les besoins actuels de l'Etat, sans
attenter à sa propriété. *S. l.* (*Paris*),

Et de Livres anciens et modernes

1787 ; in-8 , veau marbré, dos orné. **7 fr.**

A la suite : Droits des Curés et des paroisses, considérés sous leur double rapport spirituel et temporel. *Paris*, 1787.

1866. Récréations historiques, critiques, morales et d'érudition, avec l'Histoire des fous en titre d'office, par M. D. D. A. (J.-F. Dreux du Radier). *Paris, Robustel*, 1767 ; 2 vol. in-12, veau marbré (*Rel. anc.*) **9 fr.**

1867. Recueil d'actes et pièces concernant le Commerce de divers pays de l'Europe. *Londres*, 1754 ; in-12, veau. **4 fr.**

1868. Recueil de copies de pièces relatives aux guerres de la Révolution française de 1793 à 1796 rangées par ordre chronologique et concernant principalement les guerres des Vendéens et des chouans. *S. l. n. d.;* in-8, cart. **30 fr.**

Intéressant manuscrit de 112 pages de la fin du XVIIIᵉ siècle, renfermant des pièces relatives à la guerre de Vendée : Proclamation des royalistes du Poitou sur les motifs pour lesquels ils font la guerre (27 mai 17:3). — Réponse de la Convention aux manifestes des rois ligués contre la République (26 nov. 1793). — Note remise aux cantons suisses par lord Robert Fitz-Gérald sur le massacre des suisses (30 nov. 1793), texte français et allemand, et reponse des cantons ; Proclamation du duc d'Yorck à ses troupes (17 juin 1794) ; dépêche du prince de Metternich aux provinces belges (23 juin 1794) ; appel du prince de Saxe-Cobourg aux Germains (30 juillet 1794) ; lettre au Stadhouder ; lettre du comte de Puisaye aux émigrés (25 décem. 1794) ; paroles de paix et projet de pacification remis au nom des chouans (12 fév. 1795) ; fin de la guerre de Vendée (1795): etc.

1869. Recueil de pièces sur la Révolution, in-8, demi-rel. **10 fr.**

Xᵉ recueil de pièces trouvées chez M. Laporte, intendant de la liste civile (Etat des gardes du corps). 1790. — Le Livre rouge ou liste des pensions secrètes. 1790 1ʳᵉ et 2ᵉ livr. — Etat nominatif des pensions sur le trésor royal. 1789 tome Iᵉʳ.

1870. Recueil de 36 pièces politiques relatives à la Révolution, et autres. 2 vol. in-8, demi-rel. veau fauve. **35 fr.**

Les quatre Préjugés du ministre, 1790. — La Journée des dupes (par Bergasse et Puységur), 1790. — La passion et la mort de Louis XVI, roi des juifs et des chrétiens, 1790. — Discuter est félonie, 1792. — Défense contre une accusation de crime de lèze-nation, par Montigny, 1790.

— Le Livre rouge (1ʳᵉ liv. impr. en rouge) 1790. — Lettre de l'abbé Raynal et reponse. — Avis sur le choix des officiers municipaux. — Le siège du trésor royal. — Pétition sur le Divorce. — Dialogue entre Necker et Mᵐᵉ de Polignac. — Lettre de Mᵐᵉ de Polignac. — Agonie de Mᵐᵉ de Polignac. — Suppléments à la liste des pensions. — Etablissement des comités de la convention. — Traité de Paris, 1814. — Le duc de Bordeaux bâtard, 1830. — Etc.

1871. Recueil. des plus belles Epigrammes des poètes françois depuis Marot jusqu'à présent. *Paris, Nic. le Clerc,* 1698 ; 2 vol. in-12, veau. **10 fr.**

Ce recueil est dû à Claude-Ignace Brugière de Barante.

1872. Relation du voyage du prince de Montberaud dans l'île de Naudely, où sont rapportées toutes les maximes qui forment l'harmonie d'un parfait gouvernement (par Pierre de Lesconvel). *Merinde, Pierre Fortané,* 1705 ; in-12, veau (*Rel. anc.*). **25 fr.**

Ce curieux ouvrage parut originellement sous le titre de « Idée d'un règne doux ». Edition ornée du portrait du duc de Bourgogne et de figures gravées en taille-douce.

1873. Renouard (P.). Essais historiques et littéraires sur la ci-devant province du Maine, divisés en époques. *Le Mans, Fleuriot,* 1811 ; 2 vol. in-12, br. **10 fr.**

1874. Réponse à un écrit anonyme (de Gibert) intitulé : « Mémoire sur les rangs et les honneurs de la cour » (ou Mémoire de M. de Soubise, par l'abbé J.-F. Georgel). *Paris, Lebreton,* 1771 ; in-8, br. **4 fr.**

1875. Réponse de M. de Calonne à l'écrit de M. Necker, publié en 1787. *Londres, Spilsbury,* 1788 ; br., in-8. **4 fr.**

1876. Révolution. Fuite du Roi, le 21 juin 1791. Pièces officielles en un vol. in-8, demi-rel. **12 fr.**

Procès-verbal de la séance permanente de l'Assemblée nationale des 21, 22, 23, 24, 25 et 26 juin 1791. — L'Assemblée nationale aux françois, proclamation du 22 juin 1791. — Discours sur la question si le roi peut être jugé par Brissot. — Rapport par Muguet de Nanthou. — Opinions d'Adrien Du Port, de Barnave, de Salle, imprimées par ordre de l'Assemblée. — Lettre du roi. — La Constitution française présentée au roi. le 3 septembre 1791.

1877. Révolution de 1789 (Pièces

relatives à la). En un vol. in-8, demi-rel. veau.   4 fr.

Popule meus ! quid tibi feci ? (attribué à Condorcet) 4 pp. — Lettre du comte de Lally-Tolendal au président de l'Assemblée nationale, 1789. — Observations de Lally-Tolendal sur la lettre écrite par le comte de Mirabeau contre le comte de S.-Priest. 1789. — Exposé de la conduite de M. Mounier dans l'Assemblée nationale. 1789. — Aux dauphinois par M. Mounier. — Appel au tribunal de l'opinion publique par M. Mounier. 1790.

1878. Riouffe. Mémoires sur les prisons, contenant les mémoires d'un détenu par Riouffe ; l'humanité méconnue, par J. Paris de l'Epinard ; l'incarcération de Beaumarchais ; le tableau historique de la prison de Saint-Lazare. Avec une notice sur la vie de Riouffe. *Paris, Baudouin,* 1823 ; 2 vol. in-8, br.   8 fr.

1879. Ris-Paquot. La Céramique enseignée par la reproduction et la vue de ses différents produits. Terres cuites antiques, poteries, grès, faïences et porcelaines françaises et étrangères. *Paris, Henri Laurens,* 1888 ; in-8, demi-rel. dos et coins de chagr. bleu, dos orné, tête dor., *non rogné.*   15 fr.

46 planches, 106 sujets en couleurs, 358 vignettes et monogrammes.

1880. Rivoli (Duc de). Bibliographie des livres à figures vénitiens de la fin du XVe siècle et du commencement du XVIe, 1469-1525. *Paris, Leclerc et Cornuau,* 1892 ; in-8, fig., br.   15 fr.

1881. Rocoles (J.-B. de). Les Imposteurs insignes, ou histoires de plusieurs hommes de néant de toutes nations, qui ont usurpé la qualité d'Empereur, de Roi et de Prince ; des guerres qu'ils ont causé, etc. *Bruxelles, Jean van Vlaenderen,* 1728 ; 2 vol. in-8, front., demi-rel. mar. vert, dos orné, *non rognés.* 10 fr.

Portraits sur cuivre.

1882. Romans du XVIIe siècle. Les Amours de la belle Junie, ou les sentimens romains, par Mme de P*** (de Pringy). *Paris, Brunet,* 1698. — La Curiosité dangereuse. Nouvelle galante, historique et morale par Braydore (Roberday). *Paris, Mazuel,* 1698 ; front. — Histoire et les Aventures de Kemiski, georgienne. Ens. 3 ouvrages en un vol.

in-12, mar. bleu, dos orné, fil., tr. dor. (*Rel. anc.*).   100 fr.

Aux armes de la comtesse de VERRUE.

1883. Rosnel (Pierre de). Le Mercure indien, ou le trésor des Indes. *Paris, aux dépens de l'autheur,* 1668 ; 2 parties en un vol. in-4, veau fauve, dos orné, fil. (*Rel. anc.*).   20 fr.

Ouvrage dans lequel il est traité des métaux tels que l'or et l'argent, et des pierres précieuses employées en joaillerie. — Cachet sur le titre.

1884. Royaume (Le) de Westphalie, Jérôme Buonaparte, sa cour, ses favoris et ses ministres. Par un témoin oculaire. (Vinc. Lombard, de Langres). *Paris,* 1820 ; in-8, cart.   5 fr.

1885. Saint-Amant. Les Œuvres du sieur de Saint-Amant, augmentées de nouveau du Soleil levant, le melon, le poète crotté, la crevaille, orgie, le tombeau de Marmousette, le paresseux, les goinfres. *Rouen, David Ferrand,* 1642 ; in-12, vélin.   45 fr.

Rare édition. Brunet commet une erreur en donnant l'édition de Paris 1647, publiée par Bessin, comme contenant pour la première fois les pièces supplémentaires énoncées dans le titre ci-dessus.

1886. Saint-Evremond. Œuvres choisies publiée avec une notice et des notes par M. de Lescure. *Paris, libr. des Bibliophiles,* 1881 ; in-16, portr., br.   5 fr.

1887. Saint-Pierre (Bernardin de). Paul et Virginie. Illustrations de Maurice Leloir. *Paris, Launette,* 1888 ; gr. in-8, demi-rel. mar. brun, dos orné, tête dor., *non rogné.*   20 fr.

Belles compositons gravées sur bois par *Huyot.*

1888. Sallengre. Histoire de Pierre de Montmaur, professeur royal en langue grecque dans l'Université de Paris. *La Haye, Chr. van Lom, P. Gosse et R. Alberts.* 1715 ; 2 vol. in-8, veau fauve, dos orné (*Rel. anc.*).   15 fr.

Frontispices et curieuses figures gravés sur cuivre.

1889. Sallier (Guy-Marie). Annales françaises depuis le commencement du règne de Louis XVI, jusqu'aux Etats-Généraux, 1774 à 1789. *Paris, Leriche*, 1813 ; in-8, br. 3 fr.

1890. **Sanial Dubay** (J.). Pensées sur l'homme, le monde et les mœurs. *Paris, Le Normant*, 1813 ; in-8, br.   3 fr.

1891. **Sarpi** (Paul). Le Prince de Fra-Paolo, ou conseils politiques adressez à la noblesse de Venise. *Berlin*, 1751 ; in-12, veau.   8 fr.

1892. **Saultchevreuil** (Le Hodev de). De la conduite du Sénat sous Buonaparte, ou les causes de la journée du 31 Mars 1814. *Paris, Lebègue*, 1814 ; in-8, br.   4 fr.

1893. **Sebon** (Raymond). La Théologie naturelle de Raymond Sebon. Traduite en françois par Messire Michel, seigneur de Montaigne. *Rouen, Jean de La Mare*, 1641 ; in-8, veau racine, dos orné, dent. 20 fr.

1894. **Secrets** de la Chasse aux oiseaux, contenant la manière de fabriquer les filets, les divers pièges, appeaux, etc. par M. G. *Paris, Raynal*, 1826 ; in-12, br.   4 fr.
> 8 planches en taille-douce.

1895. **Sedaine.** Œuvres choisies. *Paris, Lecointe*, 1830 ; 3 vol. pet. in-12, demi-rel. dos et coins de chagr. vert, dos orné, *non rognés.* 12 fr.
> Jolie édition.

1896. **Séductions** (Les) politiques, ou l'an MDCCCXXI. Roman par l'auteur des F... du S... (« Folies du siècle ». H. Lelarge de Lourdoueix). *Paris, Pillet aîné*, 1822 ; in-8, br.   3 fr.

1897. **Serguines.** Silhouettes financières. MM. Maurice Dubry, Camus, Cucheval, Carigny, A. André, Bamberger, Bischoffsheim, etc. *Paris, Noblet*, 1873 ; 2 vol. gr. in-8, br. 5 fr.
> Ouvrage illustré par *Pépin, Humbert* et *Doré.*

1898. **Sesmaisons** (Comte de). Une Révolution doit avoir un terme. *Paris, Le Normant*, 1816 ; in-8, br.   2 fr.

1899. **Shakespeare.** The Works of Shakespeare. Edited by Howard Staunton. The illustrations by John Gilbert, engraved by the brothers Dalziel. *London, G. Routledge,*

1866 ; 3 vol. gr. in-8, cart. toile rouge, *non rognés.*   30 fr.
> Illustrations sur bois.

1900. **Soulavie** (J.-L.). Histoire de la décadence de la Monarchie francaise. *Paris, Duprat*, 1803 ; 3 vol. in-8, front., br.   10 fr.
> Manque l'atlas.

1901. **Souvenirs** de ma vie depuis 1774 jusqu'en 1814, par M. de J*** (de Jullian). *Paris, Masson*, 1815 ; in-8, br.   3 fr.

1902. **Spanheim.** Histoire de la papesse Jeanne fidèlement tirée de la dissertation latine. Seconde édition augmentée. *La Haye, Henri Scheurleer*, 1720 ; 2 vol. in-12, bas.   15 fr.
> Curieuses figures en taille-douce. La parturition publique de la papesse s'y trouve.

1903. **Spon** (J.-J.). Recherches des antiquités et curiosités de la ville de Lyon, ancienne colonie des romains et capitale de la Gaule celtique. *Lyon, impr. de Jacques Faeton*, 1763 ; in-8, vélin. 25 fr.
> Armoiries et figures en taille-douce.
> PREMIÈRE ÉDITION de cet ouvrage rare peu commun, renfermant un « mémoire des principaux antiquaires et curieux de l'Europe ».
> Bel exemplaire.

1904. **Stirpe** (de) et origine domus de Courtenay, quæ cœpita Ludovico Crasso hujus nominis secto Francorum rege sermocinatio. *Parisiis*, 1607 ; in-8, vélin à recouvrements.   75 fr.
> Généalogie de la maison de Courtenai. Ce très rare volume a été d'après Brunet, imprimé à Sens par Pierre Vatard. Bel exemplaire quoique ayant un petit trou de vers dans la marge des derniers feuillets.

1905. **Straparole.** Les Facétieuses nuits, traduites par J. Louveau et P. de Larivey. *Paris, Libr. des Bibliophiles*, 1882 ; 4 vol. in-16, br.   25 fr.
> 14 eaux-fortes de *Champollion*, d'après les dessins de *J. Garnier.*

1906. **Sue** (Eugène). Mathilde. Mémoires d'une jeune femme, par M. Eugène Sue. Nouvelle édition, revue par l'auteur. *Paris, Charles Gosselin*, 1844-1845 ; 2 vol. gr.

Achat de Bibliothéques

in-8, demi-rel. mar. La Vallière,
tête dor., *non rognés.*   50 fr.

Nombreuses figures gravées sur bois
dont 68 grands sujets tirés à part par *Porret*, d'après *Gavarni, Tony Johannot,
Cél. Nanteuil, Guyot,* etc.
Bel exemplaire.

1907. Swedenborg (Emmanuel).
Du Ciel et de ses merveilles et de
l'Enfer d'après ce qui a été entendu
et vu. *Bruxelles, J. Maubach,*
1819 ; in-8, br.   8 fr.

1908. Tahureau. Poésies de Jacques Tahureau, publiées par Prosper Blanchemain. *Paris, libr. des
Bibliophiles,* 1870 ; 2 vol. in-16,
br.   10 fr.

De la collection du « Cabinet du Bibliophile ».

1909. Tasse (Le). Aminte, traduction du sieur de la Brosse, avec
une préface par H. Reynald. *Paris,
libr. des Bibliophiles,* 1882 ; in-16,
br., couv.   12 fr.

Compositions de *Ranvier* et *Giacomelli,*
gravées par *Champollion* et *Méaulle.*
Texte encadré.

1910. Tasse (Le). La Jérusalem délivrée, traduction nouvelle et en
prose par M. V. Philippon de la
Madelaine. Augmentée d'une description sur Jérusalem par M. de
Lamartine. *Paris, Mallet,* 1844 ;
in-8, br., couv. ill.   15 fr.

Deuxième édition des illustrations de
Baron et *Cél. Nanteuil,* comprenant 170
vignettes gravées sur bois dont 20 planches
tirées à part sur Chine avant la lettre.

1911. Thiers (J.-B.). Dissertation
sur la Sainte larme de Vendôme.
Avec la Réponse à la lettre du P.
Mabillon touchant la prétendue
sainte larme. *Amsterdam,* 1751 ;
2 vol. in-12, veau marbré.   12 fr.

Au début de la première partie on trouve
la Liste chronologique des ouvrages de
Jean-Baptiste Thiers.

1912. Thurot (François). Vie de
Laurent de Médicis, surnommé le
Magnifique. Traduit de l'anglais de
William Roscœ. *Paris, an VIII*
(1800) ; 2 vol. in-8, veau marbré,
dos orné.   5 fr.

1913. Tournefort (Pitton). Histoire
des Plantes qui naissent aux environs de Paris, avec leur usage dans
la Médecine. *Paris, impr. royale,*

1698 ; mar. rouge, dos orné, fil.,
tr. dor. (*Boyet*).   100 fr.

Bel exemplaire provenant de la bibliothèque de Firmin-Didot l'ancien.

1914. Traité de l'Aiman, divisé en
deux parties, par M. D*** (Dalencé).
Amsterdam, Wetstein, 1687 ; in-12,
bas.   7 fr.

Ouvrage orné de figures de *Schoonebeck.*

1915. Traité de la Virginité, où l'on
explique selon l'Ecriture sainte,
les Conciles et les Pères tout ce
qui appartient à cette sainte profession. *Paris, Fl. et P. Delaulne,*
1699 ; in-8, veau.   5 fr.

L'auteur de cet ouvrage est l'abbé Louis
de Rougemont.

1916. Trepagne de Menerville.
Les Amusements de Monseigneur
le duc de Bretagne, dauphin.
Avec le discours sur sa mort et
autres petites pièces, par M. R.
Trepagne de Menerville, curé de
Suresne et de Puteaux. *Paris,
Guill. Cavelier,* 1712 ; in-12, front.,
veau.   8 fr.

En tête de cet ouvrage, panégyrique
outré du jeune prince, est une longue note
ms. critique des sentiments de l'auteur.

1917. Tressan. Histoire de Gérard
de Nevers et de la belle Euriant, sa
mère. *Paris, impr. de Didot jeune.*
1792 ; pet. in-12, veau racine, dos
orné, dent., tr. dor. (*Rel. anc.*) 20 fr.

4 figures de *Moreau,* gravées par *Dupréel, de Ghendt, Malbeste* et *Simonet.*
Exemplaire tiré sur PAPIER VÉLIN.

1918. Turreau (Louis-Marie). Mémoires pour servir à l'histoire de la
guerre de la Vendée. *Evreux, s.
d.* (1795) ; in-8, br.   4 fr.

1919. Vaillant. Voyage autour du
Monde, exécuté pendant les années
1836 et 1837, sur la corvette la
Bonite, commandée par M. Vaillant, publié par ordre du roi. *Paris, Arthus Bertand,* 1840 et *ann.
suiv.* ; 3 vol. in-fol. en livr. 120 fr.

Historique par M. de La Salle. 100 pl.
in-fol. — *Zoologie,* par M. Souleyet, 100
pl. in-fol. tirées en couleurs et retouchées
au pinceau. — *Botanique,* par M. Gaudichaud, 156 pl. in-fol. — Ens. 356 planches
sans le texte.

1920. Vallée. Bibliographie des Bibliographies, par Léon Vallée. *Pa-*

Et de Livres anciens et modernes

ris, *Terquem*, 1883-1887 ; 2 vol. gr. in-8, br. 35 fr.

Ouvrage des plus estimés donnant la nomenclature de tous les travaux bibliographiques exécutés jusqu'à nos jours.

1921. **Vernes**. La Franciade ou l'ancienne France. Poëme en seize chants. *Lausanne, Mourer*, 1789 ; 2 tomes en 1 vol. in-8, front., bas., dos orné. 5 fr.

Frontispice de *Dunker*.

1922. **Versailles**. Les Plans, profils et élévations des Villes et Château de Versailles, avec les bosquets et fontaines, tels qu'ils sont à présent ; levez sur les lieux, dessinez et gravez en 1714 et 1715. *A Paris, chez Demortain, s. d.* ; in-fol., veau (*Rel. anc.*). 250 fr.

Titre, privilège et 49 planches ou plans du château, du parc et de la ville de Versailles, de Trianon et de Marly, gravés par *Bacquoy, Fonbone, Menant et Scotin*.

1923. **Vetustissimorum** authorum Georgica, Bucolica et Gnomica poemata quæ supersunt (græce et latine cum annot. ex édit. Joan. Crispini). *S. l. (Genève), apud Crispinum*, 1569 ; 4 parties en un vol. in-16, mar. rouge, dos orné, comp. de mosaïque de mar. brun, entrelacs de feuillages, tr. dor. (*Rel. anc.(.* 300 fr.

Recueil fort rare à rencontrer complet. Exemplaire recouvert d'une jolie reliure du XVIᵉ siècle aux armes de Giovan-Matteo TOSCANO, célèbre milanais qui longtemps vécut à Paris et mourut en 1624. Le titre porte la signature de ce personnage.

1924. **Vial** (Jean-Antoine). Causes de la guerre de Vendée et des Chouans, et l'amnistie manquée. *Angers, an III (1795)*, in-8, cart. 4 fr.

1925. **Vie** de Jacques Cathelineau, premier généralissime des armées catholiques et royales de la Vendée. (Par M. de Guenoude). *Paris, Le Normant*, 1821 ; in-8, br. 6 fr.

1926. **Vie** (La) de Philippe d'Orléans, petit-fils de France, Régent du royaume pendant la minorité de Louis XV, par M. L. M. D. M. (La Mothe, dit de la Hode). *Londres*, 1736 ; 2 vol. in-12, veau. 8 fr.

1927. **Vie** (la) des riches et des pauvres, ou les obligations de ceux qui possèdent les biens de la terre,

ou qui vivent dans la pauvreté (par Jean Girard de Villethierry). *Paris, Ch. Robustel*, 1700 ; in-12, veau. 3 fr.

1928. **Vie privée** ou apologie de très-sérénissime Prince Monseigneur le Duc de Chartres. Par une société d'amis du prince. *S. l.* 1784 ; in-8, br. 10 fr.

Libelle dirigé contre le duc de Chartres plus tard Philippe-Egalité.

1929. **Vieux Tribun** (le) du peuple. Années 1789-1790. (Par Nicolas de Bonneval). *Paris, impr. du cercle social, an IV (1796)* ; in-8, br. 8 fr.

Rare.

1930. **Vigny** (Alfred de). Eloa, ou la sœur des anges, mystère. *Paris, Aug. Boulland*, 1824 ; in-8, cart. toile. 15 fr.

ÉDITION ORIGINALE.

1931. **Vitta** (Émile). Farandole de Pierrots. Poésies d'Emile Vitta. Illustrations de Willette. *Paris, Léon Vanier*, 1890 ; in-8, cart. 70 fr.

PAPIER DU JAPON, avec une double suite des illustrations tirées sur Chine. Exemplaire offert par l'éditeur à son confrère CONQUET.

1932. **Voisenon**. Romans et contes. *Londres*, 1775 ; 2 tomes en un vol. in-12, demi-rel. dos et coins de mar. rouge, tête dor. (*Pouget*). 6 fr.

1933. **Volney**. Les Ruines, ou méditation sur les Révolutions des Empires. *Paris, Baudouin*, 1824 ; in-8, front. et pl., br. 3 fr.

1934. **Voyage** d'un étranger en France, pendant le mois de novembre et décembre 1816. (Par R.-T. Chatelain). *Paris, Lhuillier*, 1817 ; in-8, br. 4 fr.

1935. **Voyages** (Les) merveilleux de saint Brandan à la recherche du Paradis terrestre. Légende en vers du XIIᵉ siècle publiée par Francisque Michel. *Paris, Claudin*, 1878 ; pet. in-8, br. 5 fr.

1936. **Zemganno** (L.-V.). Les Quatre âges de la pairie de France. *Maestricht, Dufour et Roux*, 1775 ; 2 tomes en un vol. in-8, veau fauve, dos orné. (*Rel. anc.*). 15 fr.

Bel exemplaire.

Le Propriétaire-Gérant : THÉOPHILE BELIN.

Châteaudun. — Imprimerie de la Société Typographique (Téléphone).